Ernest de Payan -Dumoulin

Antiquités gallo-romaines découvertes à Toulon-sur-Allier et réflexions sur la céramique antique

Anatiposi

Ernest de Payan -Dumoulin

Antiquités gallo-romaines découvertes à Toulon-sur-Allier et réflexions sur la céramique antique

Réimpression inchangée de l'édition originale de 1860.

1ère édition 2023 | ISBN: 978-3-38270-069-0

Anatiposi Verlag est une marque de Outlook Verlagsgesellschaft mbH.

Verlag (Éditeur): Outlook Verlag GmbH, Zeilweg 44, 60439 Frankfurt, Deutschland
Vertretungsberechtigt (Représentant autorisé): E. Roepke, Zeilweg 44, 60439 Frankfurt, Deutschland
Druck (Imprimerie): Books on Demand GmbH, In de Tarpen 42, 22848 Norderstedt, Deutschland

ANTIQUITÉS

GALLO-ROMAINES

DÉCOUVERTES A TOULON-SUR-ALLIER

ET

RÉFLEXIONS

sur la

CÉRAMIQUE ANTIQUE

PAR M. E. DE PAYAN-DUMOULIN

Président du Tribunal civil du Puy ; ancien Membre du Conseil général de la Drôme ; Membre des Sociétés académiques de la Haute-Loire, de la Drôme, de l'Allier, du Gard, d'Angers, d'Orange, de Blois, et de la Société française de statistique universelle

LE PUY

MARCHESSOU, IMPRIMEUR

PARIS
Victor DIDRON, rue St-Dominique-St-Germain, 13

LYON
A. BRUN, rue du Plat, 13

MOULINS
ALEX, libraire, près de la Cathédrale

VALENCE
Marc AUREL, rue de l'Université

1860

ANTIQUITÉS

GALLO-ROMAINES

DÉCOUVERTES A TOULON-SUR-ALLIER

ET

RÉFLEXIONS

SUR LA CÉRAMIQUE ANTIQUE

CHAPITRE Ier.

HISTORIQUE DES FOUILLES.

Toulon-sur-Allier est un joli village du Bourbonnais, situé à quelques kilomètres au sud de Moulins, sur la ligne du chemin de fer de Paris à Lyon.

Les travaux agricoles effectués dans cette localité, au mois d'août 1856, mirent à nu quelques fragments de poterie rouge et de statuettes en terre cuite.

Ces fragments furent recueillis par M. Bertrand, attaché au chemin de fer, qui les communiqua à MM. de Payan-Dumoulin, alors procureur impérial à Moulins, et à M. Esmonot, architecte du département de l'Allier. L'examen de ces débris prouva que leur antiquité n'était pas douteuse, et qu'ils constituaient des échantillons intéressants de l'art céramique gallo-romain.

MM. Esmonot et de Payan-Dumoulin, après avoir obtenu le consentement des propriétaires, firent pratiquer des fouilles dans le local où les fragments avaient été trouvés.

J'ai déjà rendu un compte sommaire des résultats de cette découverte en 1857, dans le journal *l'Illustration*, nos 770, 771 et 817.

Plusieurs personnes qui s'intéressent vivement à l'étude de la céramique gallo-romaine et à nos antiquités nationales, m'ont engagé à publier avec plus de détails le résultat des fouilles que nous avons fait pratiquer, ce qui m'a décidé à écrire cette notice, dans laquelle je donnerai l'historique des découvertes faites à Toulon-sur-Allier. Je présenterai quelques réflexions sur la céramique antique; je décrirai les vases trouvés à Toulon, j'en indiquerai la destination; je chercherai à interpréter le sujet des figurines exhumées; j'étudierai enfin leur emploi et la date de leur fabrication.

Je n'oublierai pas le sage précepte de M. Legouz de Gerland (*Dissertation sur l'origine de Dijon*).

« La défiance de soi-même est le caractère nécessaire » pour marcher dans la route obscure de l'antiquité; » mais aussi il est plus aisé de critiquer que de bien » dire. »

Je m'efforcerai de suivre l'opinion que me traçait M. l'abbé Cochet, dans une lettre qu'il m'a écrite au sujet des fouilles de Toulon, le 6 mars 1858.

L'archéologie est une science de comparaison; c'est donc en mettant en regard les uns des autres une foule de monuments antiques, qu'on parvient à découvrir la vérité.

Le champ que j'ai exploré à Toulon est situé à six kilomètres environ de Moulins, au quartier des *Laris*, près d'un coteau qui s'élève au levant; ce champ est borné au couchant par la route impériale de Paris à Lyon, un ruisseau se trouve au sud, à très-peu de distance.

Ces fouilles, commencées en 1856, ont été continuées en 1857 et terminées en 1858.

Les travaux entrepris ne tardèrent pas à amener d'intéressantes découvertes.

Un four à cuire la poterie fut rencontré à la profondeur d'un mètre environ; il était bâti avec d'énormes briques posées à plat.

L'intérieur du four contenait des scories qui s'étaient vitrifiées sur la base du four et qui faisaient corps avec l'édifice : quelques briques percées de trous existaient à la partie supérieure du four pour recevoir les pièces soumises à la cuite. Des tuyaux en terre, ronds, d'environ trente-trois centimètres de longueur, et d'un diamètre d'environ un décimètre, servaient de bouches de chaleur; des poteries épaisses, grossières et de forme circulaire, s'adaptant aux trous des briques, ont été trouvées; elles servaient de support pour les pièces soumises à l'action du feu pour la cuite.

Ce four était en partie détruit; la culture avait fait disparaître toute la construction voisine de la superficie; le désordre des matériaux renversés était tel, qu'il devenait à peu près impossible de dresser le plan de ce monument.

Près du four se trouvait, à une profondeur d'environ un mètre vingt-cinq centimètres de la superficie du sol, un terrain qui paraissait avoir été battu et nivelé à une époque très-reculée : ce terrain était couvert d'une légère couche de sable.

Ce local était l'aire servant à préparer les poteries et les statuettes de la fabrique; dans divers endroits on trouvait sur cette aire des masses d'argile blanche plastique, analogue à la terre de pipe.

A côté de ces dépôts d'argile, je découvris des vases richement ornés et plusieurs statuettes représentant des sujets variés.

A une certaine distance du four, les fouilles ont mis à jour une tranchée remplie de vases brisés, d'une variété d'ornements et d'une élégance rares.

Quelques vases entiers ou presque entiers furent heureusement découverts et exhumés après des siècles d'enfouissement.

On peut ranger dans trois principales catégories les objets découverts à Toulon :

Les vases, les statuettes et les *moules*.

Les *Vases* sont de plusieurs espèces :

1° Vases en poterie rouge, dite samienne, enrichis de sujets, tels que : chasses aux bêtes fauves, scènes de la mythologie, feuillages et ornements;

2° Vases rouges sans ornements;

3° Vases en terre grise et grossière;

4° Vases en terre revêtus d'une couverte ou engobe noire présentant des ornements d'une grande finesse;

5° Vases en argile blanche très-rares à Toulon.

Les *Statuettes* ont présenté une foule de sujets différents. Le même sujet a été fréquemment traité dans des dimensions diverses, et présente en outre certaines variétés dans la forme et dans l'ornementation.

Les statuettes représentent :

1° Plusieurs divinités du paganisme ;

2° Divers animaux.

Je diviserai les *Moules* en distinguant les moules des vases de ceux pour les statuettes.

On n'a trouvé à Toulon qu'un seul fragment de moule de lampe funéraire, encore le caractère de cet objet laisse-t-il quelque incertitude.

Je donne, dans quatre planches annexées à cette notice, les gravures sur bois, par Fellmann, des principales statuettes et des vases les plus curieux, qui ont été le résultat des fouilles.

J'ai dessiné quelques-uns de ces objets d'après nature; d'autres l'ont été d'après les croquis que M. Esmonot a fait faire pour le *Bulletin de la Société d'émulation de l'Allier.*

Ces dessins sont d'une grande exactitude et reproduisent avec vérité le caractère de objets qu'ils représentent.

On comprend que, pour ne pas multiplier les planches, je n'ai donné que les figures principales. Beaucoup d'autres objets secondaires ou trop incomplets pour être dessinés ont été découverts. En les citant, je dirai peu de mots de ces objets :

Une tête d'Hercule et les jambes de cette statuette. Le caractère de cette tête est noble, elle est nue, la chevelure est frisée, les sourcils sont fortement arqués et relevés d'une manière menaçante : cette tête athlétique peint bien une divinité emblème de la force matérielle; malheureusement, le nez brisé nuit au caractère de cette figure.

Un fragment de massue et la peau de lion qui couvre la statuette ne permettent pas de douter du sujet représenté. Montfaucon *(Antiquité expliquée)* donne plusieurs figures de l'Hercule gaulois, assez semblables à celle dont les fragments ont été trouvés à Toulon. L'Hercule gaulois se trouve sculpté dans l'un des bas-reliefs découverts à Cussy, entre Beaune et Autun.

On a trouvé aussi à Toulon des fragments du moule d'une figurine de Mercure, et des débris d'une statuette de Mars ; mais ces fragments étaient trop incomplets pour entrer dans les planches qui accompagnent cette notice. La plupart des dessins sont du quart de la grandeur naturelle des objets ; j'indiquerai les proportions de certaines statuettes qui seront données sur une échelle différente.

Les premières fouilles faites en 1856 et 1857 amenèrent successivement la découverte de tous les objets dessinés dans les trois premières planches annexées à la notice.

Les recherches ne produisant plus de nouvelles poteries ou statuettes, les fouilles furent abandonnées ; mais ayant présumé, d'après la direction des fours, qu'ils devaient continuer dans les celliers de la maison de M. Dai, adjoint à la mairie de Toulon, j'obtins, en 1858, l'autorisation d'y faire des recherches, et je continuai le 20 mai 1858 les fouilles interrompues depuis environ un an.

Mes prévisions ne m'avaient pas trompé, car je découvris les débris d'un autre four construit dans la remise de M. Dai, en briques énormes analogues à celles du premier four ci-dessus décrit.

Au milieu des ruines de ce four, j'exhumai les

débris d'un cadavre : le crâne était encore presque entier, mais les ossements tombaient en poussière.

L'enfouissement de ces débris humains paraissait remonter à une haute antiquité, dont il n'est pas possible de déterminer la date avec une certaine précision, mais que j'ai lieu de croire contemporaine de la destruction de la fabrique de statuettes.

La présence de ce cadavre au milieu des débris du four autour duquel étaient épars, dans un grand désordre, des fragments de vases et de statuettes, fait présumer que cette fabrique aura été détruite par un de ces actes de violence qui accompagnent le fléau de la guerre.

Cette supposition, basée sur des probabilités, explique comment les potiers gallo-romains avaient abandonné, non-seulement des vases entiers, des statuettes complètes et sans défaut, mais encore les moules qui servaient à fabriquer ces objets.

L'abandon des instruments de fabrication, qui devaient avoir une certaine valeur, ne peut guère avoir d'autre motif qu'une catastrophe inopinée qui a dû mettre en fuite ou faire périr les propriétaires de la fabrique.

Comme dans les fours découverts en 1856 et en 1857, il existait, à environ un mètre quatre-vingts centimètres de profondeur, à partir de la superficie du sol, un plafond nivelé couvert de sable noirâtre.

Des masses d'argile blanche étaient enfouies à cette profondeur.

C'est au milieu de ces dépôts d'argile que se trouvaient des statuettes et des moules de vases.

Je découvris, sur ce point, plusieurs exemplaires de la statuette de femme portant deux enfants sur son sein, et les têtes nos 5, 6, 7, 8 gravées dans la quatrième planche. Ces têtes appartenaient aussi à des statuettes de la femme portant deux enfants à son sein; leur caractère étant remarquable, j'ai cru devoir en donner le dessin.

La figure no 7 est coiffée d'un véritable diadème, les cheveux sont agencés avec élégance; les autres figures ne manquent pas de noblesse.

Je découvris aussi un moule de statuette de Vénus, analogue à la figure no 5 de la première planche; mais ce qui rendait cette pièce fort intéressante, c'est qu'elle portait, outre le nom gravé sur sa partie extérieure, le mot IOPPILLO gravé en creux à l'intérieur du moule. Cette inscription se trouvait sur la draperie ou rocher contre lequel est posée la main de Vénus.

Je trouvai aussi la statuette de Vénus faite avec ce moule, et qui portait en relief le même mot IOPPILLO.

Ces deux morceaux sont d'un intérêt spécial, vu l'extrême rareté d'inscriptions en relief sur les statuettes, et en creux dans l'intérieur des moules.

L'extérieur des moules de statuettes trouvés là

Toulon porte au contraire presque toujours des noms gravés en creux, en gros caractères.

Cette dernière fouille amena la découverte d'un cheval, planche IV, n° 2, demi-grandeur.

Malgré son extrême fragilité, cette statuette curieuse fut trouvée intacte ; elle avait été sans doute préservée par la masse d'argile plastique qui l'enveloppait et dont je la détachai avec un soin minutieux.

L'un des morceaux les plus rares et les plus curieux, produits de cette fouille, est une chapelle ou édicule, dans le centre de laquelle devait se placer une statuette.

Ce petit monument est représenté planche IV, n° 4, demi-grandeur.

Cet édicule est d'une riche ornementation, on y remarque deux danseuses, dont l'une est environnée d'étoiles.

Deux personnages tenant une draperie sont représentés dans des positions diverses, au bas et au sommet du monument.

La partie supérieure du fronton avait été coupée lors de la construction de la maison de M. Dai ; car cet intéressant monument de la céramique antique fut extrait de terre contre les murs de la maison ; il était placé de telle sorte, qu'il avait été impossible de bâtir sans couper le fragment qui manque.

Il est à remarquer que tous les objets trouvés à Toulon, vases ou statuettes, ont été cuits dans les fours et sont devenus d'une telle dureté, que la lime d'acier peut à peine les entamer, et que pour les user, il faut employer une bonne meule de grès.

J'ai fait cette observation en cherchant à ajuster, pour en opérer la restauration, plusieurs statuettes et vases brisés.

Dans la même remise, je trouvai un moule de corps de cheval, planche IV, nº 1, demi-grandeur.

La fouille a aussi amené la découverte de pieds de cheval fabriqués isolément.

On a trouvé des jambes, des bras, qui avaient été moulés à part, et des moules distincts pour la fabrication de ces objets, que les céramistes ajustaient ensuite au corps des statuettes.

Je n'ai pu découvrir des outils en os, des poinçons, des fragments de tour ou d'autres instruments de potier.

Le seul objet que je considère comme un véritable instrument de céramique, est la moitié d'un disque en quartz d'environ dix centimètres de diamètre. Ce disque, d'une épaisseur de quelques centimètres, paraissait poli et usé par le frottement; je pense qu'il servait à faire disparaître les aspérités des statuettes ou des vases, quand, après la cuite, il existait quelque défectuosité : lorsque ce disque était entier, il pouvait être employé pour un tour.

Je trouvai aussi des moules circulaires de support ou de piédestal pour les figurines ; ces supports ont la forme de la moitié d'une sphère, ils étaient fabriqués à part et ajustés ensuite aux statuettes pour leur servir de base.

Un lièvre, planche IV, dessin n° 3, demi-grandeur, fut aussi trouvé dans le cellier de M. Dai, à peu de distance des autres figurines.

Cette statuette est d'une grande vérité de pose : le timide animal couche les oreilles sur son dos pour se dérober plus facilement aux regards.

Près de la statuette de lièvre, je trouvai une petite statuette de coq.

Les deux pieds nus d'une statuette d'homme furent aussi trouvés dans le voisinage ; les proportions de ces pieds donnaient à la statuette une grandeur plus que double des plus hautes qui eussent été découvertes ; mais je fis vainement rechercher la partie supérieure de cette statuette, qui est peut-être un Hercule ou toute autre divinité.

Dans ce même local, je trouvai une déesse tenant d'une main une patère, de l'autre une corne d'abondance ; cette figure était à peu près semblable à celle dessinée planche Ire, n° 9 ; mais ce qui la distinguait de cette dernière, c'est qu'elle était assise sur un cheval richement harnaché; la tête et les jambes du cheval étaient brisées.

La statuette de la divinité était détachée du cheval qui était à côté d'elle, mais en rapprochant ces deux objets, on avait la certitude qu'ils avaient été réunis ensemble et séparés plus tard, probablement par le même choc qui avait brisé la tête et les jambes du cheval.

Je n'ai pas donné le dessin de cette figure, vu sa ressemblance avec celle nº 9 de la première planche.

Je trouvai aussi, dans le cellier, un moule de vase, de forme cylindrique, brisé en cinq fragments, mais presque complet; ce moule est un des plus curieux produits de la fouille.

Il représente, en creux, une femme faisant danser un chien; ce moule contient aussi des chevaux marins.

Les premières fouilles de 1857-1858 avaient fait découvrir un vase qui paraît avoir été fabriqué avec ce moule.

Je ne mentionne que pour mémoire de nombreux débris de vases à reliefs, richement ornementés, que je recueillis dans cette fouille.

L'un d'eux était couvert d'une multitude de poissons.

D'autres vases représentaient des chasses aux animaux féroces fuyant devant des chasseurs à cheval, armés d'un épieu.

Plusieurs fragments de moules de vases furent aussi

exhumés; l'un d'eux représente des lièvres et des dauphins séparés par un personnage.

Sur le coteau qui, au levant, borne le champ des Laris où ont été pratiquées les fouilles, on a trouvé, le 25 mai 1858, un petit *triens* d'or mérovingien, représenté planche IV, dessin nº 2, grandeur naturelle.

On voit sur cette pièce une figure barbare couronnée et la légende *Maximo monetario*; au revers, A. R. C. I. Civitas Arvernorum.

Cette pièce paraît être un monétaire de Clermont-Ferrand, ancienne capitale du pays des Arvernes.

La légende et l'effigie se rapportent à Maxime, officier de la monnaie.

Le style de cette pièce fait penser qu'elle a été frappée au VIe siècle.

Au couchant de la grande route de Paris à Lyon, dans la propriété de M. Meunier, on trouve encore des débris de vases et de statuettes. Les fouilles que j'y entrepris, grâces à l'obligeance du propriétaire, n'amenèrent aucune découverte intéressante, elles prouvèrent seulement l'importance et l'étendue de la fabrique de poteries de Toulon.

Dans la vigne de M. Meunier, on trouve une argile plastique qui a pu servir à la fabrication de vases et de statuettes.

On a découvert dans la même propriété une meule

antique, servant aux Gallo-Romains pour broyer le grain.

Tous ces faits sont de nature à établir qu'il a existé, sur ce point, un établissement important.

J'ai donné dans la quatrième planche, nos 9 et 10, le dessin de deux statuettes trouvées à St-Just, aux environs de Lyon.

J'ai pensé que ces objets étaient intéressants et qu'ils pourraient servir de point de comparaison avec ceux découverts dans le champ des *Laris*.

Le taureau no 9, planche IV, demi-grandeur, est à peu près semblable à des fragments de taureau que j'ai trouvés à Toulon ; cependant la statuette de St-Just est d'un meilleur style et d'une exécution plus correcte.

La figurine no 10, planche IV, grandeur naturelle, représente un enfant nu portant un panier rempli de fleurs : ce morceau, d'une grande finesse de formes, très-gracieusement exécuté, est en argile blanche, pareille à celle des figurines de Toulon.

CHAPITRE II.

RÉFLEXIONS GÉNÉRALES SUR LA CÉRAMIQUE.

Avant de donner l'interprétation descriptive des objets trouvés à Toulon-sur-Allier, il convient de dire quelques mots sur la céramique en général. L'étude de cet art antique jettera un jour précieux sur les objets que je me propose de décrire.

M. Enjubault, conseiller à la cour impériale de Riom, qui sait allier la science du légiste au culte des lettres, a publié, en 1858, sur Bernard Palissy et sur l'art céramique un écrit qui joint les charmes d'un style élégant à la profondeur de la pensée.

D'après cet écrivain, l'art céramique date des plus anciens jours; il occupe les sociétés naissantes et tous les peuples à qui l'histoire assigne un rang. Il marque, dans son développement, le progrès des connaissances humaines.

L'art céramique comprend la confection des briques, tuiles, colonnes, chapiteaux, moulures, arabesques, statues, bas-reliefs, grès artificiels, vases en poterie commune ou fine, faïences et porcelaines :

on rencontre partout ses produits, en Asie, en Egypte, en Grèce, dans toutes les parties de l'Italie.

L'art de modeler en argile existe, en effet, depuis une antiquité très-reculée; Pline-l'Ancien, qu'il faut toujours consulter lorsqu'on veut étudier l'état des arts chez les Romains et les Grecs, pense que l'art de la plastique a existé avant celui de la statuaire.

Millin (*Dictionnaire des Beaux-Arts*, verbo *Modeler*) dit qu'il est en effet naturel de croire que l'on a commencé à modeler avec de l'argile des figures d'hommes et d'animaux, qu'ensuite on a exposé ces figures au feu pour leur donner plus de consistance; on est arrivé plus tard à employer des métaux et des marbres qui exigeaient une plus grande perfection dans l'art, et dont l'usage présentait plus de difficultés à vaincre.

Pline prétend que *Dibutade*, potier de Sycione, fut le premier inventeur de l'art de la plastique ou de modeler en argile; il ajoute que cependant d'autres attribuent cette découverte à *Rhœcus* et à *Théodore*, de l'île de Samos, et que *Démocrate*, exilé de Corinthe, emmena avec lui *Euchin* et *Eugrammus*, qui portèrent en Italie l'art de la plastique. Les Grecs ont évidemment initié les Romains à l'art de modeler; de Grèce, cet art s'est répandu en Italie et dans les colonies grecques; les Romains l'ont vulgarisé dans les Gaules où les colonies fondées par les Grecs avaient déjà dû le faire connaître.

Cependant, les statuettes en argile, quelquefois émaillées, exhumées dans les tombeaux égyptiens, couvertes de caractères hiéroglyphiques, sont d'une haute antiquité et très-probablement bien antérieures à l'art grec.

Une origine très-antique appartient aussi aux briques, tuiles, et autres produits céramiques trouvés dans les ruines des vieilles cités de l'Asie, dont quelques-uns sont couverts de caractères cunéiformes. Tous ces objets, ainsi que les statuettes des Egyptiens, peuvent être considérés comme les plus anciens monuments de l'art plastique. Les Assyriens, les Babyloniens et les Egyptiens couvraient même leurs vases d'émaux, ce qui fait supposer qu'ils connaissaient le verre, l'émail n'étant qu'une espèce de vitrification.

Les Chinois, peuple dont la civilisation remonte si haut dans le temps, prétendent fabriquer la porcelaine depuis plus de trois mille ans, c'est-à-dire depuis une époque antérieure au développement de la civilisation grecque et romaine : sans accepter cette allégation comme complètement vraie, on doit convenir que cet art paraît être cultivé en Chine depuis une antiquité très-reculée.

La fabrication de la porcelaine suppose des

connaissances céramiques fort anciennes et très-développées.

Le Japon fabrique aussi la porcelaine depuis la même époque ; il a peut-être dépassé la Chine dans cet art difficile.

La porcelaine est une poterie translucide, blanche et luisante, dont les Chinois et les Japonais ont eu pendant longtemps le secret.

La découverte de la route des Indes-Orientales permit de recevoir les produits de la Chine et du Japon, la porcelaine fut importée en Europe, elle y fut le sujet d'une vive admiration. On s'empressa d'imiter ce chef-d'œuvre de la céramique.

L'Italie fabriquait alors les belles faïences émaillées de Gubbio, de Pesaro, d'Urbin, sur lesquelles d'habiles artistes reproduisaient les œuvres des grands peintres, sous la surveillance même des maîtres.

A cette époque, l'art de la céramique avait fait d'immenses progrès en Europe, il avait pris part à ce mouvement de renaissance qui fécondait tous les arts ; mais la matière employée était grossière en comparaison de la porcelaine.

Une poterie nouvelle avait été inventée : c'est la faïence couverte d'un vernis, glace vitreuse auparavant inconnue. Les oxides métalliques sont la base des vernis et des émaux ; le plomb, le manganèse, le fer, l'étain sont aussi employés, à l'état d'oxides, à la coloration des émaux.

L'enduit des Romains n'était pas identique à celui des faïences : il consistait dans une couche légère d'une substance dont la composition est ignorée; diverses opinions ont été émises sur ce point, ce n'est pas encore le moment de les discuter.

La grâce exquise des arabesques italiennes, le dessin si pur des figures, ne faisaient pas disparaître la vulgarité de la matière employée pour la fabrication de la faïence.

Vainement Bernard Palissy produisait, avec son ébauchoir magistral, des vases ornés d'animaux qui semblaient faire revivre la nature; vainement Nevers, grâce aux artistes italiens que les ducs y avaient appelés, perfectionnait les ornementations de la faïence, la translucidité de la poterie était encore inconnue aux fabriques de l'Europe.

M. Jacquemart nous apprend, dans un excellent article de la *Gazette des Beaux-Arts* (1859, p. 288), que sur la fin du siècle de Léon X, en 1580, le grand-duc de Toscane François Médicis, secondé par Bernardo Buontalenti, parvint à fabriquer de la porcelaine en pâte tendre. C'est à ce prince éclairé et qui s'occupait personnellement avec ardeur du progrès des arts, qu'on doit attribuer l'honneur de la première fabrication européenne de la porcelaine.

Les rares pièces de la fabrique grand-ducale portent la marque F et la coupole de Sainte-Marie-des-Fleurs.

En 1673, la porcelaine fut fabriquée pour la première fois à Rouen, qui serait la seconde ville d'Europe où cette fabrication aurait été entreprise ; il est maintenant établi que Florence a la priorité.

M. Brongniart, dans son *Traité des Arts céramiques*, assigne la première place à Rouen; mais des documents certains, cités par M. Jacquemart, tranchent la question en faveur de Florence.

Cette ville a cherché, dans le commencement de ce siècle, à fabriquer des porcelaines semblables à celles de la Chine. J'ai vu, en 1841, à Florence, lors de l'exposition faite à l'occasion du Congrès des amis italiens des sciences, dont j'avais l'honneur de faire partie, des vases imitant la fabrication chinoise avec une rare perfection; mais les difficultés de ces imitations en rendent le prix si élevé, que cette tentative ne paraît pas avoir eu des résultats bien féconds. Cette fabrication est, je crois, demeurée à l'état de curiosité, et n'a reçu aucun développement sérieux.

Florence qui, à la renaissance des arts en Europe, possède la première fabrique de porcelaine, semble être, suivant l'heureuse expression de M. Jacquemart, la mère prédestinée des arts céramiques. Elle

CHAPITRE III.

CÉRAMIQUE CELTIQUE.

Les Celtes et les Gaulois paraissent avoir connu, avant l'occupation romaine des Gaules, l'art de la céramique; mais chez eux, cet art était véritablement dans l'enfance : on y voit l'expression d'un véritable état de barbarie.

La matière brute des vases celtiques, les figures qui y ont été gravées à force de temps et de patience, rappellent les dessins exécutés par les Indiens de la mer du Sud.

Le dessin ornemental qui les couvre paraît d'une grande antiquité. Quelques fragments de poteries de l'ère celtique attestent cependant un certain progrès dans l'art du dessin et dans la forme des vases, qui sont néanmoins très-inférieurs aux vases romains.

Les fouilles faites dans les tumulus contenant des tombeaux celtiques et gaulois, celles entreprises dans les chambres souterraines des dolmens et des allées couvertes ont produit un assez grand nombre de vases celtiques dont plusieurs ont des dessins dentelés traçés par bandes continues.

Il est d'autant plus difficile d'étudier les poteries gauloises, qu'excepté dans les tumulus, on les trouve très-fréquemment mélangées avec les poteries gallo-romaines, car elles sont enfouies dans les mêmes lieux qui ont été habités avant et pendant la conquête romaine.

Cette observation a été présentée, avec raison, par M. de Caumont, dans le *Bulletin monumental*, de 1847, p. 111. Cet archéologue cite les vases celtiques découverts à Fontenay ; ils ne paraissent pas faits avec l'aide du tour, ils ne portent aucune moulure, ils ont été frottés, à l'extérieur, avec un outil qui les a polis irrégulièrement.

Les poteries gauloises du tumulus de Fontenay-le-Marmion sont en terre noire, mal préparée et remplie de petits cailloux.

Les vases celtiques découverts en Bretagne, dans le centre et dans l'est de la France, offrent des caractères à peu près semblables, analogues aussi à ceux des poteries trouvées près de Dieppe, par M. Feret.

La pâte de ces poteries n'est pas solidement liée, la couleur en est noire ou brun-foncé, les formes annoncent l'enfance de l'art. Dans quelques-unes de ces poteries on a cru reconnaître l'usage du tour, d'autres ont été moulées sur une forme intérieure et polies

CHAPITRE IV.

CÉRAMIQUE ÉTRUSQUE.

M. Enjubault pense que l'art étrusque n'est que l'art grec, qu'il a la même origine, le même esprit et la même noblesse, qu'il a transmis ses perfections à la Campanie et à Rome.

Cette opinion me paraît juste, quoique un peu trop absolue. Winkelmann se borne à dire que le style étrusque avait de la ressemblance avec l'ancien style grec.

Cet habile interprète de l'antiquité donne, dans son *Histoire de l'Art, chez les anciens*, t. I, p. 281, des renseignements fort curieux sur l'art étrusque; celui qui désire approfondir cette étude lira avec fruit ce savant ouvrage.

Les Grecs, les Etrusques et les Campaniens ont, dans l'antiquité, fabriqué des vases magnifiques par la grâce de leurs formes et par la pureté des dessins qui les ornent.

Ces vases sont de diverses couleurs, mais le plus fréquemment à fonds noirs ou rouges.

Leurs peintures représentent ordinairement des sujets mythologiques ou héroïques, des chasses.

Ils se trouvent dans la partie du royaume de Naples appelée la Grande-Grèce, notamment à Nola, et dans diverses autres parties de l'Italie.

Il existe d'admirables collections de vases étrusques dans le musée du Vatican à Rome, dans le Musée royal Bourbon de Naples et à Florence. J'ai visité et étudié ces merveilleux produits de l'art céramique étrusque en 1841, lors du voyage que je fis en Italie, et j'ai été saisi d'admiration en reconnaissant la perfection à laquelle étaient arrivés les arts de la céramique et du dessin, dès une haute antiquité.

Plusieurs archéologues pensent que la plupart des vases italo-grecs sont d'une époque antérieure à la fondation de Rome.

Ces fragiles monuments de l'art antique nous ont été conservés par le sépulcre, que le respect des anciens pour la tombe ne permettait pas de violer.

C'est aux tombeaux que nous devons le peu que nous savons des mœurs, des usages et des croyances de l'antiquité, et nous pouvons répéter avec l'abbé Cochet les paroles qu'il emprunte à l'*Ecclésiastique :*

« *Ossa eorum visitata sunt et post mortem prophetaverunt.* »

Les vases étrusques nous font connaître avec exactitude l'art du dessin chez les anciens. Ces dessins nous offrent les contours des figures, leurs diverses parties, le jet et les plis des draperies, le tout par de simples lignes et par des traits sans lumières et sans ombres.

Sur la plupart des vases italo-grecs les figures sont peintes d'une seule couleur, ou pour mieux dire, la couleur des figures est épargnée sur le fonds même des vases ou sur la couleur de la terre, qui est une argile très-fine.

Le champ du tableau est d'un noir brillant, et c'est avec ce même noir que sont tracés sur le fonds les contours des figures.

M. d'Hancarville a fait des expériences pour découvrir le mode de peinture de ces vases; il conjecture qu'on mettait une couche de rubrique ou d'ocre de fer sur les vases pendant qu'ils étaient encore humides.

Cette teinte prenait au feu la couleur qui constitue le fonds des figures sur les vases à fonds noir, ou le fonds du vase sur ceux à figures noires.

La couleur noire était obtenue à l'aide d'une dissolution de plomb avec de la chaux de magnésie. Winkelmann trouve les dessins des beaux vases italo-grecs si corrects que les figures pourraient occuper une place avantageuse dans les dessins de Raphaël.

Les figures sont dessinées d'un seul trait, sans repentir, avec une grande sûreté de main. Ces vases sont les prodiges de l'art des anciens.

D'Hancarville a publié une série de vases italo-grecs fort remarquables ; les figures sont gravées par David (1787. — 5 vol. in-8°).

L'examen de l'ouvrage de d'Hancarville montre la richesse de dessin qui était prodiguée dans ces vases destinés aux sépultures, et qu'on découvre surtout dans les tombeaux de l'Italie méridionale.

Plusieurs vases trouvés dans le royaume de Naples portent des inscriptions en lettres grecques. Quelques-uns de ces vases ont jeté du jour sur plusieurs parties de la mythologie païenne ; ils nous ont fait connaître les riches et gracieux costumes grecs, ainsi que la forme des ameublements de ce peuple, arrivé bien avant Rome à une civilisation très-avancée. Les Tyrrhéniens ou anciens Etrusques s'étaient étendus dans la Grande-Grèce et la Campanie ; ils ont enfoui dans leurs tombeaux leurs merveilleux vases peints qui font encore l'admiration de notre époque. On trouve dans la céramique étrusque certaines inspirations qui paraissent empruntées à l'art égyptien, dont l'origine est encore plus antique.

On a aussi trouvé en Sicile de magnifiques vases étrusques ou italo-grecs, avec des inscriptions grecques indiquant le nom du peintre qui les avait ornés, ou la dédicace à une personne aimée.

Winkelmann *(Histoire de l'Art)* cite plusieurs de ces inscriptions qu'il serait trop long de reproduire.

CHAPITRE V.

DESTINATION DES VASES ANTIQUES.

Les vases italo-grecs étaient employés à divers usages. Winkelmann pense que les plus petits servaient de jouets aux enfants. Telle n'est pas l'opinion de d'Hancarville, qui les croit consacrés aux dieux Pénates ou aux Lares pour être placés dans des laraires ou oratoires privés de chaque famille, à l'imitation des grands vases qu'on offrait dans les temples publics. Je suis très-porté à adopter cette dernière pensée. Les vases de terre, d'après Winkelmann, étaient particulièrement destinés aux sacrifices et spécialement à ceux de Vesta. (V. Brodeus, c. 19.)

Quelques vases étrusques renfermaient la cendre des morts dont les corps avaient été consumés sur un bûcher; telle est la destination de la plupart de ceux trouvés dans les tombeaux de la Campanie, de la Sicile et de la Grande-Grèce.

M. Grange, de Clermont, a trouvé des vases samiens à relief dans des tombeaux romains; ils étaient encore pleins d'ossements calcinés. L'usage de déposer des vases dans les tombeaux appartient aux peuples les plus divers par les mœurs et par le climat ; on en a constaté l'existence non-seulement chez la plupart des peuples de l'ancien monde, mais encore dans les deux Amériques, au Mexique, au Pérou, etc.

Je possède un vase en forme de gourde, de terre noire avec des dessins guillochés, rappelant ceux des vases celtiques ; il a été trouvé dans un ancien tombeau du Pérou. L'usage de placer des vases dans les tombeaux appartient à une antiquité reculée ; il a été pratiqué par les Egyptiens, les Grecs, les Romains, les Celtes, les Gallo-Romains, et il s'est conservé jusqu'au XIIIe siècle de l'ère chrétienne. L'abbé Cochet cite même diverses contrées de la France où il a duré bien plus longtemps.

Les rites des funérailles faisaient partie de la religion celtique. (V. dom Martin, *De la religion des Gaulois.)* Les Celtes faisaient placer dans leurs tombeaux non-seulement des vases, mais encore leurs armes et leurs plus chères idoles.

Il paraît établi que les Druides croyaient à l'immortalité de l'âme et à une autre vie.

Jules César, dans ses *Commentaires*, dit : Les Druides n'ont rien tant à cœur que d'inculquer aux Gaulois que les âmes ne meurent point, mais qu'après la mort elles passent dans d'autres corps, opinion dont ils se servent pour étouffer la crainte de la mort et exciter la valeur.

C'est pour cela sans doute que l'on déposait dans les tombeaux des Gaulois des vases, les idoles dont le culte leur était le plus cher, des armes, et enfin les objets qu'ils avaient le plus aimés pendant leur existence et qu'ils devaient retrouver dans une autre vie.

Les Gaulois ont pratiqué la coutume de brûler les morts, soit avant l'introduction du christianisme dans les Gaules, soit après cette époque.

Saint Eloy combattait cet usage qui se perpétuait chez les chrétiens et qu'il considérait comme impie et superstitieux.

Aussi, dans certains tombeaux gaulois, on trouve les cendres des morts placées dans des vases; d'autres poteries paraissent avoir contenu des boissons ou des aliments destinés, soit au mort pour une autre vie, soit aux divinités funèbres.

On plaçait aussi dans les tombeaux italo-grecs, ou romains, ou gallo-romains des vases remplis d'huiles ou de parfums; d'autres vases contenaient des médailles frappées à une époque contemporaine du mort.

Dans les jeux publics de la Grèce, de beaux vases peints étaient donnés en prix aux vainqueurs.

Les vases servaient aussi à l'ornement des temples, des édifices publics et des maisons particulières, ainsi que pour l'usage des bains.

On a trouvé souvent des vases peints d'un seul côté, d'autres qui n'avaient jamais eu de fond et qui évidemment n'étaient propres qu'à l'ornementation.

Winkelmann, page 299, tome I, dit : « Il y grande apparence que les anciens se servaient de leurs vases comme nous nous servons de la porcelaine, seulement pour orner leurs maisons. C'est ce que nous pouvons conclure par les peintures qui décorent ces vases et qui sont en général mieux exécutées d'un côté que de l'autre, de manière que le côté inférieur était placé contre le mur, mais cet usage est encore mieux constaté par la forme même de quelques vases qui n'ont point de fond et qui n'en ont jamais eu, comme on l'a souvent observé. »

Les anciens avaient aussi l'habitude de mettre des vases ornés sur le haut de leurs édifices, surtout de leurs maisons de campagne, comme on le voit par les peintures découvertes à Herculanum et à Pompéia, ainsi que dans un fragment de peinture des bains de Titus, rapporté par Montfaucon (*Diar. Ital.* p. 130.) et par Bottari (*Picturæ antiquæ*, tab. 10).

Mongez (*Encyclopédie méthodique*, *Dictionnaire de l'Antiquité*, p. 223) dit que l'on est étonné de la grande quantité de vases et de débris de vases de toute matière et de toutes sortes de formes que l'on découvre dans les endroits qui ont été habités par les anciens.

Notre étonnement cessera si nous considérons que les objets dont se composait leur mobilier étaient peu variés et que les vases en formaient la partie la plus nombreuse et la plus riche. Une grande quantité de produits céramiques se trouve dans cette couche du sol où le temps, les invasions de barbares et les bouleversements ont englouti les débris des siècles passés.

De tous les vases que l'on trouve dans les lieux qu'ont habités les anciens, le plus grand nombre a probablement servi dans les repas ou pour contenir la cendre des morts; mais un grand nombre étaient destinés à l'ornementation.

Les vases samiens en terre rouge servaient à la fois de décoration, pour les usages des bains, et de vases funéraires; on en trouve dans les villes gallo-romaines, dans les tombeaux et dans les ruines de thermes antiques.

Si l'on veut se faire une idée de l'importance de l'art céramique, il faut visiter le musée de Sèvres, qui a été institué pour faire connaître l'histoire de cet art; j'ai admiré ce magnifique établissement, l'ordre merveilleux qui y règne, et j'ai pu y étudier les diverses transformations de la céramique, suivant les peuples et les époques.

On peut y rechercher la date des découvertes des principales pâtes et glaçures et les progrès de l'art.

La description méthodique du musée céramique de Sèvres, enrichie d'un atlas de figures publié par MM. Brongniart et Riocreux, en 1845, 2 vol. in-8°, fournit des documents d'un immense intérêt pour l'étude des arts plastiques.

On peut voir au musée de Sèvres des imitations parfaites des poteries à relief antiques et les moules modernes qui ont servi à leur confection. C'est M. Artaud, archéologue de Lyon, qui a donné à l'établissement de Sèvres ces curieux *fac-simile* de l'art antique.

CHAPITRE VI.

DESCRIPTION DES VASES GALLO-ROMAINS DE TOULON-SUR-ALLIER.

La variété inouïe des vases gallo-romains découverts à Toulon-sur-Allier offre un vaste sujet d'investigations. Nous avons trouvé plus de deux cents formes ou dessins différents.

Les vases de Toulon peuvent se diviser en cinq classes principales :

1° Les vases samiens à relief ;

2° Les vases rouges unis de formes variées ;

3° Les vases gris en poterie grossière ;

4° Les vases à couverte noire à relief ;

5° Les vases rouges à dessins en creux ou poteries incuses.

§ 1er. *Vases samiens à relief.*

Pour décrire d'une manière complète cette multitude de vases, il faudrait, au lieu d'une brève notice, un gros volume et un atlas de planches ; ce travail serait d'un grand intérêt; mais il faudrait y consacrer beaucoup de temps et posséder des connaissances spéciales moins superficielles que les miennes.

Je me bornerai donc à parler des principales variétés d'une manière sommaire.

On ne peut, en examinant les vases gallo-romains, se défendre d'un sentiment d'admiration; la prodigieuse diversité des dessins, l'élégance, la grâce de la forme des poteries, la richesse de l'ornementation sont pour l'observateur un sujet d'étonnement. L'art romain étale dans ces vases le ban et l'arrière-ban de ses faciles divinités; c'est par ces vases qu'on peut juger l'état de la civilisation romaine au IIe et au IIIe siècle de l'ère chrétienne. Les plus belles poteries de Toulon montrent encore le caractère élevé de l'art, l'élégance du dessin et la richesse de la composition; cependant la plupart de ces poteries ont des reliefs qui manquent de netteté et de finesse, d'où l'on peut conclure que les moules avaient servi longtemps et s'étaient usés. Il faut aussi remarquer qu'en général les poteries trouvées sur le sol de la fabrique devaient avoir été rejetées par les céramistes gallo-romains comme défectueuses.

Les moules de vases à relief découverts à Toulon prouvent aussi qu'ils ont eu de longs services; la vivacité des arêtes des creux a disparu, des frottements répétés pendant de nombreuses années ont fatigué les moules et usé les bords des dessins qui n'ont plus la netteté primitive. Les vases rouges à relief de Toulon n'ont pas le vernis brillant de ceux qu'on découvre à Clermont-Ferrand.

Les dessins des vases de Toulon sont fréquemment semblables à ceux trouvés dans la cité des Arvernes, mais ils sont moins nets et plus empâtés.

Est-ce à l'altération des moules usés par un long emploi qu'on doit attribuer l'infériorité des vases à relief de Toulon ?

Ne doit-on pas penser aussi que les moules de ces vases ont été obtenus par des contre-moulages répétés faits sur des vases romains, et que les délicatesses du moule primitif ont été ainsi altérées ?

La nuance terne du vernis de Toulon ou l'absence de vernis que l'on remarque sur ces vases vient-elle de l'imperfection des matières employées par les potiers de cette fabrique, ou résulte-t-elle du fait que la dernière préparation produisant cette couverte brillante et si solide qu'elle a impunément traversé seize siècles, n'était pas donnée dans la fabrique de Toulon ?

Ces deux solutions peuvent être admises. La structure, le profil, le galbe des vases gallo-romains de Toulon mérite de fixer les investigations de l'antiquaire; l'examen de ces vases tend à prouver la perfection du goût de l'art antique.

Les variétés de forme des vases gallo-romains à relief est un argument de plus pour établir la diversité de leur destination.

Les vases à relief les plus nombreux sont des espèces de coupes analogues à celles dessinées dans la planche nº III; ces coupes sont de grandeurs très variées, depuis dix jusqu'à trente centimètres de diamètre.

Presque tous les vases trouvés à Toulon sont brisés ; on en a cependant trouvé deux ou trois d'à peu près entiers, et on a pu en recomposer plusieurs en réunissant leurs fragments.

On comprend que les potiers de Toulon rejetaient les vases défectueux ou qui se rompaient lors de la fabrication, et qu'ils utilisaient pour la vente les vases sans défaut.

C'est ce qui rend si rare la découverte de vases intacts dans les fours à poterie antique. L'intérêt que présentent les dessins des vases à relief, soit comme art, soit comme histoire de la mythologie antique, a décidé plusieurs musées à en faire des collections. On peut examiner avec fruit celles du Mans, d'Avignon, d'Orléans, de Paris, de Moulins, et celles qui existent dans les cabinets de plusieurs particuliers, parmi lesquelles la collection de M. Esmonot, à Moulins, occupe l'un des premiers rangs.

On a trouvé, en France, des vases gallo-romains

dans une foule de localités, dont les plus remarquables sont : le Châtelet, près Saint-Dizier (Grivaud de la Vincelle a publié les résultats des fouilles faites dans cette localité), Clermont-Ferrand, Autun, Nîmes, Lyon, Vienne, Paris, Arles, Bordeaux, Néris, Vichy, Lezoux, Bourbon-l'Archambault, Varennes, Diou.

Le Bourbonnais est une des contrées où la céramique gallo-romaine a reçu les développements les plus considérables ; une foule de localités y présentent de curieux vestiges de l'art céramique antique.

Des poteries à relief samiennes ont été trouvées il y a plusieurs années dans une villa romaine, à Espaly, près de la ville du Puy, et à Corsac, commune de Brives, dans un cimetière gallo-romain découvert en 1860 dans la propriété de M. Vinay, avocat.

M. Batissier (*Eléments d'Archéologie*, p. 279) donne sur les vases gallo-romains des appréciations d'une justesse parfaite.

L'art de faire cuire l'argile avait été porté à un grand degré de perfection par les Romains. Les urnes que l'on découvre tous les jours et depuis tant de siècles prouvent non-seulement leur extrême habileté, mais encore le profond sentiment qu'ils avaient des beautés de la forme.

Les poteries romaines les plus belles sont les poteries rouges, couvertes d'un vernis brillant et de figures en relief. Le grain en est fin et serré; la délicatesse et la légèrete du tour sont incomparables.

Outre les vases en forme de coupe, il en existait à Toulon dont la forme est cylindrique. (Voir l'un de ceux contenus planche III.)

D'autres ont la forme d'un cône tronqué. Ces vases sont ornés d'élégantes moulures, de frises rehaussées de guillochis.

Les principaux sujets représentés sur les vases à relief de Toulon sont : 1° des animaux féroces, tels que tigres, lions, léopards, ours, sangliers, loups, poursuivant des animaux timides, cerfs, lièvres, chevreuils, etc.

Quelquefois ce sont des chasseurs à cheval armés d'un épieu, qui poursuivent des animaux féroces.

2° D'autres vases représentent des quadriges attelés de chevaux fougueux.

3° Des poissons nageant autour du vase.

4° Des guirlandes de feuillage entremêlées de fleurs et d'ornements d'architecture variés.

5° Des scènes mythologiques ou héroïques, dans lesquelles figurent les diverses divinités de l'Olympe païen et les héros de la fable : des Bacchantes, Apollon, Diane, des Satyres, des Centaures, etc.

6° Des animaux fantastiques, tels que griffons, chevaux marins, quelquefois montés par des divinités marines.

7° Une femme faisant danser un animal ressemblant à un chien; des monstres marins se trouvent sur le même vase.

Cette ornementation du vase cylindrique dont j'ai donné le dessin se trouve aussi sur plusieurs coupes.

8° Des vases sont ornés de feuilles de plantes d'eau en relief.

9° D'autres vases ont le goulot formé par une tête de lion en relief. Les sept vases, planche III, donnent une idée de la composition et du dessin des vases de Toulon.

§ 2. *Vases rouges unis.*

Les vases rouges unis présentent des formes aussi gracieuses que variées, les uns sont en forme de coupe, d'autres en forme conique, d'autres ont une panse large, quelques-uns ont un rebord très-épais et qui forme un double bourrelet, quelques-uns sont en forme de tasses, il en est de très-petits, d'autres de très-vaste dimension; plusieurs sont ornés de filets et de rebords élégants.

Des assiettes et des plats ont aussi été trouvés à Toulon.

Leur base est très-variée de forme.

La plupart de ces vases sont ornés de moulures faites au tour.

Le galbe de la plupart de ces poteries est très-gracieux et d'un goût parfait.

Ces vases présentent souvent le nom du potier inscrit au fond, d'autres fois ce fond a un ornement.

§ 3. *Vases en terre grise grossière.*

Il existait aussi, à Toulon, une fabrication de vases grossiers, en argile grise ; ces vases sont épais, faits avec peu de soin, on en a trouvé une petite quantité et cette production paraît avoir été un accessoire peu important des fabrications principales.

Quelques vases ont des rayures de nuances variées qui paraissent avoir été peintes avec un vernis, après la confection du vase.

§ 4. *Vases à couverte noire, à relief.*

On a trouvé quelques fragments de vases en poterie à relief, à engobe ou couverte noire bronzée.

La pâte de ces vases est serrée, très-fine et très-légère, elle est grise-blanchâtre à l'intérieur. Ces vases ont une très-faible épaisseur, les dessins consistent, en général, en feuillages et en ornements ; rarement on y rencontre des figures. Ils sont d'une grande élégance, d'une exquise finesse, je les crois supérieurs même aux vases rouges à relief ; malheureusement leur extrême fragilité n'a permis que d'en trouver des fragments; ils ont suffi pour faire admirer l'art qui avait présidé à leur confection.

§ 5. *Vases rouges à dessins en creux ou poteries incuses.*

Nous avons aussi découvert, à Toulon, quelques fragments de vases rouges dont les dessins étaient gravés en creux et qu'on nomme poterie incuse. Ces ornements paraissaient avoir été enlevés à la main, avec un instrument, pendant que la poterie était fraîche et qu'elle pouvait être facilement travaillée avec un outil acéré, soit en os, soit en métal.

La netteté et la précision avec lesquelles ces dessins en creux sont enlevés, prouvent l'habileté de l'artiste décorateur auquel sont dus ces ornements.

CHAPITRE VII.

NOMS ET SIGNATURES DES POTIERS GALLO-ROMAINS.

Des noms existaient, soit sur certains moules de vases à reliefs, soit sur les moules de statuettes, soit sur les vases à relief ou unis.

Les noms, sur les moules de statuettes, étaient gravés en creux à l'extérieur du moule, en très-gros caractères; quelques-uns de ces caractères avaient une analogie évidente avec les caractères grecs. Ils avaient été gravés en creux sans doute avant la cuite du moule, et probablement ils constituent de véritables signatures des artistes qui avaient fabriqué le moule. Plusieurs moules de sujets pareils avaient des noms différents à l'extérieur ; mais en examinant avec attention les sujets en apparence semblables, on trouvait facilement des différences, soit de style, soit de faire, soit de dessin : d'où la conséquence que le même sujet avait été traité par des artistes différents.

Ces noms, gravés en creux à l'extérieur, ne pouvaient être les noms du propriétaire ou des propriétaires de la fabrique ; car on a trouvé des noms trop nombreux sur les moules et sur les vases, pour que cette supposition soit admissible.

Ces noms ne pouvaient donc être que ceux des artistes qui avaient fabriqué les moules. Le but de l'inscription du nom était, sans doute, d'établir la propriété du dessin, ou de se faire connaître par les potiers qui avaient besoin de ces moules pour leur fabrication.

Quelques potiers ont pu fabriquer les moules et tirer ensuite les épreuves des statuettes et des vases; mais il est plus vraisemblable qu'en général, certains artistes fabriquaient les modèles et les moules et que de simples ouvriers intelligents suffisaient pour la fabrication des épreuves.

Voici les noms principaux trouvés sur des moules de statuettes : ABADINUS. — ATILIANI. — ARILIS. — ATILANO. — COSSIUS. — FIBRRARIS. — JULI. — PRISCUS. — LUCANI. — SACRILLOSAVOT. — SILVINI. — SEVERINUS. — STABILIS. — TACIRCIS. — URBANUS. — VIDI. — TIBERIUS. — URBICI. — TRITOGENO, etc. Les vases à relief ou unis portent aussi une foule de noms dont la nomenclature paraîtrait sans doute fastidieuse au lecteur et que dès lors je m'abstiens de reproduire.

Je ferai seulement remarquer que l'on a quelquefois découvert des noms de localités inscrits sur les vases, mais cela est très-rare, et ce fait ne s'est pas produit à Toulon.

Sur les statuettes, on ne trouve que très-peu de noms inscrits; il en existe au contraire fréquemment, soit au fond, soit sur la panse des vases à relief et des vases rouges unis. Cependant, Montfaucon décrit une statuette portant les mots IS PORON en relief.

Grivaud de la Vincelle a trouvé au Châtelet une statuette de femme portant un enfant au sein, qui, au bas de son siége a le mot PISTILLUS. J'ai donné le dessin de cette statuette, vu l'extrême rareté des statuettes à inscription, planche Ire, no 3. Elle a été trouvée dans les ruines du Châtelet.

A Toulon, j'ai trouvé un moule et une statuette portant le nom de IOPILLO. Elle était d'un style supérieur à celui des autres statues de Vénus.

On a découvert aussi des vases portant le nom ou l'inscription en relief sur la partie supérieure du vase et circulairement, nous n'en avons trouvé aucun de cette sorte à Toulon.

En général, les noms inscrits sont ceux de l'artiste céramiste; fréquemment à la suite de son nom, il y a *F* ou *Fe*, *Fecit;* ou *O* ou *Of*, *Officina.*

Il n'est pas sans intérêt d'avoir retrouvé, après tant de siècles d'enfouissement, de véritables signatures d'artistes gallo-romains; je dis avec intention *gallo-romains,* car ces signatures portent l'empreinte évidente de caractères grecs; quelques-uns des noms ont bien le type romain, mais d'autres paraissent se rapprocher des noms gaulois.

Dom Martin (*Religion des Gaulois*, t. Ier, p. 39) nous apprend que les Gaulois écrivaient leur langue en caractères grecs; cela est prouvé par l'inscription sépulcrale trouvée à Rome sur un tombeau du martyr *Gordien*, messager des Gaules. Cette inscription est publiée par l'auteur de *Roma subterranea*, et par Mabillon.

De l'aveu de Jules César, les Gaulois se servaient de caractères grecs; Pline et Strabon confirment ce fait; cependant ils n'entendaient pas le grec, car César, parlant d'une lettre qu'il avait écrite à Q. Cicéron, pour lui donner avis qu'il venait à grandes journées pour le secourir, ajoute qu'il avait écrit exprès en langue grecque pour que les Gaulois ne pussent être informés de sa marche si la lettre était interceptée.

Il paraît que, dans les premiers temps de la conquête romaine, en adoptant la langue latine, les Gaulois avaient conservé au moins en partie les caractères grecs.

CHAPITRE VIII.

MODE DE FABRICATION PAR LES GALLO-ROMAINS, DES MOULES, DES VASES ET DES STATUETTES.

Pline-l'Ancien, qui n'a rien négligé dans l'exposé des arts pratiqués de son temps, et dont le grand ouvrage est une véritable encyclopédie des sciences de l'époque où il vivait, donne peu de détails sur les procédés de fabrication usités par la céramique. Il ne parle pas des moules en argile employés pour la fabrication des statuettes et des vases.

Millin (*Dictionnaire des Beaux-Arts*, v° *Moules*) dit que les pratiques des anciens nous sont inconnues dans ce genre. La découverte de l'atelier de potier de Toulon peut donc jeter une vive lumière sur les questions encore incertaines relatives aux procédés de l'art céramique chez les Gallo-Romains.

J'ai déjà dit que l'état de bouleversement dans lequel j'avais trouvé les fours de Toulon ne m'avait pas permis d'en donner un plan exact; cependant les débris existant lors des fouilles indiquent qu'il avait la forme d'un quadrilatère plus long que large;

ils étaient construits en briques de 36 à 40 centimètres de longueur sur 28 à 30 centimètres de largeur et sur 3 à 4 centimètres d'épaisseur.

Le feu destiné à la cuite des vases et des statues devait être très-violent, puisque l'aire du four, construite en grosses briques percées au centre d'une ouverture circulaire de dix centimètres, était couverte de matières entièrement vitrifiées; les trous des briques recevaient des tuyaux d'environ 33 centimètres de longueur, que j'ai retrouvés et qui étaient destinés sans doute à modérer et à égaliser la violence du feu, afin qu'il ne communiquât pas directement avec les vases et les statuettes.

Dans ce but, un second rang de briques percées d'un trou existait au-dessus des tuyaux : cette disposition permettait de placer les statuettes et les vases destinés à la cuite sur des supports en terre.

Ces supports aboutissant aux tuyaux de chaleur, répandaient la chaleur avec uniformité sur les poteries soumises à l'action du feu.

Ces supports ont été trouvés en assez grand nombre, ils sont de diverses grandeurs et de formes circulaires, l'argile en est plus grossière que celle des vases, ils sont fort épais pour résister plus facilement à l'action réitérée et énergique du feu.

A côté du four se trouvait un terrain battu, très-dur, bien nivelé, recouvert d'une couche de sable fin, où les statuettes et les poteries étaient préparées : j'en ai trouvé plusieurs d'entières sur cette aire ; elles étaient encore enveloppées de masses d'argile blanche semblable à celle qui avait servi à leur fabrication.

L'argile, une fois préparée, lavée, foulée et nettoyée de tout corps étranger, était mise dans les moules pour les vases à relief et serrée.

Ces moules étaient revêtus d'une préparation savonneuse ou onctueuse qui empêchait l'argile d'y adhérer; cette préparation était encore sensible au toucher lorsque nous avons découvert les moules de Toulon.

L'argile, en se desséchant, subit un retrait qui facilitait l'action d'enlever le vase à relief du moule qui avait servi à le fabriquer. Les moules de vases à relief étaient d'un seul morceau; nous en avons trouvé quelques-uns de brisés, mais dont il a été possible de réunir tous les morceaux et de rétablir l'ensemble.

Nous en avons donné un au musée de Moulins, auquel nous avons offert les pièces les plus remarquables de la découverte faite à Toulon. Les moules de vases étaient d'abord façonnés à la main et tournés, puis on y incrustait le dessin en creux à l'aide de poinçons en terre cuite ou en métal.

Ces poinçons, appliqués sur la pâte encore molle

du vase destiné à devenir un moule et dont l'épaisseur était considérable, s'imprimaient dans la pâte. Le même poinçon était placé, soit sur divers points du moule où le même dessin était ainsi répété, soit sur d'autres moules où le dessin du poinçon était utilisé avec des combinaisons nouvelles, d'autres ornements variés.

On n'a trouvé aucun poinçon à Toulon, mais on en a trouvé à Lezoux et aux environs de Clermont; j'en ai vu dans le cabinet de M. Compagnon, architecte de la ville de Clermont-Ferrand.

Le moule était ensuite séché au soleil, puis soumis à la cuite dans le four. On pouvait aussi, lorsqu'un moule se brisait, faire avec des vases anciennement produits par ce moule, des contre-moulages qui donnaient un moule nouveau; mais ce moyen, que je crois avoir été employé dans la fabrique de Toulon, avait pour résultat déplorable l'abâtardissement du dessin, qui perdait sa netteté, sa finesse, sa saillie, et qui était ainsi complètement altéré. Les vases, après avoir eté moulés, étaient aussi séchés au soleil, puis soumis à la cuite dans les fours.

Les vases unis étaient évidemment fabriqués au tour; les potiers modernes qui ont examiné les vases de Toulon n'ont pas douté de ce fait. Nous n'avons pas trouvé à Toulon de débris de tours;

on comprend que cette machine, ordinairement en bois, n'a pu résister à l'action destructive du temps.

Les statuettes étaient fabriquées à l'aide d'un double moule dont chacun donnait une demi-bosse; chaque partie de la statuette était moulée séparément, on laissait l'intérieur creux et l'argile était mise dans le moule en couche mince; on la retirait quand elle était suffisamment desséchée; le retrait de l'argile, résultat de la dessication, facilitait cette opération; les deux côtés de la statuette étaient ensuite juxta-posés et réunis à la main ou à l'aide de petits instruments d'os ou d'ivoire; un enduit en argile plus liquide était passé sur le point de jonction pour le dissimuler.

Les statuettes recevaient ensuite, dans une place peu visible, un trou fait avec une broche, qui permettait à l'air intérieur et à l'humidité de s'échapper lors de la cuite sans amener la rupture de la statuette par éclatement.

On faisait ensuite sécher au soleil la statuette, puis elle était posée sur un support communiquant avec les bouches de chaleur dans le four pour y recevoir la cuisson.

Ce mode d'opérer paraît certain, car j'ai trouvé à Toulon des statuettes dont les parties s'étaient décollées, ce qui a permis d'étudier exactement le mode de fabrication.

Batissier (*Eléments d'Archéologie*, p. 279) nous dit que dans l'emplacement de plusieurs fabriques gallo-romaines on a trouvé des débris de tours, tels que des roues en terre cuite, percées au centre pour recevoir l'axe du tour et garnies à leur circonférence de chevilles pour donner prise à la main chargée de donner à ce plateau circulaire un mouvement de rotation.

On a trouvé et décrit des fours antiques analogues à ceux de Toulon, découverts à Lezoux (Auvergne) et à Rheinzabern, dans la Bavière-Rhénane; ils se composaient généralement : 1° d'un cendrier faisant fonction de foyer, construit en briques; 2° d'un laboratoire d'une seule pièce de terre cuite, ayant une ouverture communiquant avec le cendrier, et une autre ouverture communiquant avec une petite cheminée. C'est dans ce laboratoire qu'on disposait les vases pour la cuisson.

Ces laboratoires étaient quelquefois plus grands, et des tuyaux de chaleur les faisaient communiquer avec le cendrier.

Ces dispositions sont presque les mêmes que j'ai reconnues à Toulon.

Un point qui n'a encore été qu'imparfaitement éclairci et sur lequel les antiquaires sont très-divisés, c'est la nature de l'engobe ou de la couverte que les Romains mettaient sur leurs vases, notamment sur les vases rouges à relief. M. Dolomieu a pensé que la couverte de ces vases n'était pas métallique, mais que c'était seulement la surface de l'argile vitrifiée.

M. Rever a écrit que cette couverte était souvent préparée avec une terre plus fine que celle des vases, délayée et étendue au pinceau. (V. *Observations sur les poteries trouvées au Mans en* 1809.)

MM. de Caumont et Jallois ont pensé que, pour obtenir cette belle couleur rouge si uniforme, si durable, si brillante, on a dû mélanger avec la terre une poudre rouge pulvérisée, sans doute de l'oxide de fer.

La cuisson donne à l'argile la solidité, mais elle n'obvie pas suffisamment à la trop grande porosité, ce qui nécessite un vernis ou enduit qu'on nomme la *couverte* ou l'*engobe*, qui complète à la fois la beauté du vase et supprime l'excès de porosité.

Ce vernis adhère à l'argile d'une manière presque indestructible et la rend imperméable.

On a fait de grandes tentatives pour reproduire la couverte rouge brillante des vases gallo-romains. J'ai déjà cité les heureux efforts de M. Artaud, de Lyon, dont les moules et les vases imités de l'antique sont déposés au musée céramique de Sèvres.

M. Fabre, peintre sur verre, à Clermont-Ferrand, qui étudie avec passion l'archéologie, a fait aussi des imitations très-remarquables; mais je crois que ni

M. Artaud, ni M. Fabre n'ont retrouvé le secret des Romains, et que leur procédé pour le vernis des vases rouges est encore un mystère.

M. Beaulieu, antiquaire de Paris, a publié un volume très-intéressant sur les antiquités de Vichy-les-Bains, et, après avoir lu les articles que j'avais publiés sur les fouilles de Toulon dans l'*Illustration*, en 1857, il a eu la gracieuse attention de m'en faire hommage. Cet écrivain pense que les potiers de Vichy-les-Bains employaient en couverte les émaux métalliques ; les échantillons de cette nature sont fort rares. La mairie de Vichy en possède quelques-uns dont les couleurs sont le jaune, le blanc et le bleu clair.

On distingue dans le nombre un fragment extrêmement mince, orné de grainetis et de relief émaillés de blanc, se détachant en façon de camée sur un fond d'azur ; un autre fragment d'un vase plus épais a pour relief un cheval en course, dont les jambes antérieures sont celles d'un homme. M. Beaulieu pense que l'émail de ce vase qui est d'un jaune clair est à base de plomb.

Déjà M. de Caumont avait trouvé au Mans et dans plusieurs cabinets des fragments de poterie gallo-romaine avec couverte métallique.

M. Brongniart, à qui le fait fut signalé, crut devoir conserver des doutes sur son authenticité. Les observations de M. Beaulieu viennent confirmer celles de M. de Caumont.

Les poteries de Vichy ont beaucoup d'analogie avec celles de Toulon ; elles sont analogues à celles de Diou et de Varennes. Il paraît que tout le bassin de l'Allier a été, à l'époque gallo-romaine, le siége de nombreux établissements céramiques.

CHAPITRE IX.

DESCRIPTION DES STATUETTES DE TOULON.

§ 1er.

PLANCHE Ire, No 1.

Latone portant Apollon et Diane.

Cette statuette fort remarquable représente une femme assise dans un fauteuil tressé en menu bois flexible, en jonc ou en paille ; elle porte à son sein deux enfants qu'elle paraît allaiter. Six types différents de cette statuette ont été trouvés à Toulon ; la dimension de la figure no 1 est près du double de celles des autres statuettes analogues d'un plus petit module, qu'on a recueillies. Le caractère de la figure, la coiffure sont très-variés ; mais les poses des deux enfants et celle du corps de la femme sont exactement les mêmes, d'où la conséquence que ces divers types indiquaient bien un seul et même sujet.

Je présume que cette statuette représente le symbole de la fécondité, personnifiée par *Latone* portant sur son sein ses enfants *Apollon* et *Diane*.

Cependant plusieurs antiquaires ont émis sur des figurines pareilles des opinions bien opposées. Les uns y ont vu une *Isis*, d'autres la *Terre* portant le *Sommeil* et la *Mort*.

Nous examinerons successivement ces diverses opinions et les raisons données à l'appui de chacune d'elles, afin de mettre le lecteur à même de choisir la meilleure interprétation.

La vue des dessins, qui sont très-exacts et du quart de la grandeur naturelle, permettra de bien apprécier les différentes opinions émises par les archéologues.

Dom Martin (*Religion des Gaulois*, t. II, p. 45) dit avec raison : « En fait d'antiques, la voie la plus sûre » est de les avoir sous les yeux. La vue prévient » toutes les méprises et les écarts de l'imagination : » ce sont ces considérations qui m'ont porté à repré- » senter tous les monuments dont je parle selon l'ordre » qu'ils tiennent dans les planches que j'en donne. »

Je ne pouvais que suivre l'exemple du docte bénédictin, dont l'observation est fort juste; elle prévient les erreurs et permet de comprendre, par le dessin des objets, la description qui en est donnée. J'ai aussi pris pour règle le précepte de Nibby (*Elementi di Archeologia*, p. 20) :

« *Qui debbo chiudere questa prima lezione col prevenire che un ritrato è authentico, quando sia simile essattamente ad altri, che abbiano il nome anticamente apposto, o a médaglie e gemme que ne diano il profilo.* »

Aussi chercherai-je à expliquer et à déterminer l'attribution des statuettes de Toulon par d'autres monuments antiques existant dans les musées ou cités dans les ouvrages des archéologues.

La femme portant deux enfants sur son sein est-elle une statuette d'Isis ?

On doit reconnaître que les Gaulois ont rendu un culte à Isis. Dom Martin (t. II, p. 131) s'explique formellement sur ce point et le prouve par des inscriptions rapportées par Gruter, Remesius, Chorier, Bouche, d'où il résulte qu'Isis avait des temples dans les Gaules.

L'inscription suivante, trouvée à Nîmes, l'établit suffisamment et dispense d'en citer d'autres. Elle est rapportée par Jac. Grasser *(Ant. Nemaus)*.

LUNAE ET ISIDI
AUG SAC.
C. OCTAVII
PEDONIS LIB.
TROPHIMIO SEVERI.
AUG. V. S.

Une statue d'Isis existait anciennement à Paris, dans l'église de Saint-Germain-des-Prés. Elle était gardée dans cette église comme un objet d'antiquité, prouvant que les Gaulois avaient connu et adoré cette déesse. Le culte d'Isis avait été importé d'Egypte à Rome ; les Romains le trouvèrent probablement établi dans les Gaules lors de la conquête, ou l'y importèrent avec leurs autres idoles. Mais la statuette portant deux enfants sur son sein n'a rien qui se rapproche du type égyptien d'Isis. Aucun attribut spécial à cette divinité n'existe sur le monument que j'ai mis au jour.

L'Isis romaine dont j'ai, en 1841, examiné le type dans les monuments tirés de Pompéia et réunis au musée Bourbon de Naples, est totalement différente de la statuette que je décris.

J'ai aussi examiné des statuettes d'Isis qui existent dans la collection du Vatican, à Rome ; elles n'ont aucun rapport avec la statuette de Toulon.

Cette statuette, quoique rare, a été trouvée à diverses époques dans plusieurs localités de la France, ce qui tend à prouver que *Latone* était l'objet d'un culte généralement répandu dans les Gaules.

Le savant bénédictin Montfaucon (V. *l'Antiquité expliquée)* donne le dessin d'une figure semblable à celle de Toulon : il croit que c'est la *Terre* tenant dans ses bras le *Sommeil* et la *Mort*.

Quelque ingénieuse que soit cette interprétation, il ne m'est pas possible de l'adopter, malgré la déférence due à l'opinion de l'illustre antiquaire.

Dans quelques exemplaires bien conservés de cette statuette, on voit que, loin d'être morts, les enfants sucent le bout du sein, ce qui indique essentiellement la vie, et ce qui suffirait au besoin pour faire écarter l'opinion de Montfaucon.

Latone était prise pour le symbole de la fécondité; elle présidait aux accouchements et à l'éducation des enfants; elle était la patrone des mères et des nourrices; elle représentait la maternité antique.

Grivaud de la Vincelle a publié, dans ses *Recherches sur la ville gallo-romaine du Châtelet (Haute-Marne)*, le dessin d'une statuette de Latone; la tête n'a pas été trouvée.

M. de Caumont raconte, dans le *Bulletin monumental*, t. XXII, p. 227, l'exhumation d'un atelier de poteries et de statuettes gallo-romaines, près des rochers de Penn marc'h (Finistère), faite par M. Duchâtellier. La statuette n° 1 et celle n° 2 de la première planche faisaient partie de cette découverte. Presque toutes ces statuettes étaient décapitées. Dom Martin (*Religion des Gaulois*, p. 266, t. II), examinant l'opinion de Montfaucon, incline à la croire vraie : Il est certain, dit-il, que les anciens représentaient la terre sous la figure d'une femme qui tenait, dans chaque main, une petite figure de femme. C'étaient, disaient-ils, la nature et la matière qui concouraient, avec la terre, à la formation de tous les êtres. Qui nous empêche, après cela (ajoute dom Martin), de croire que la femme enfermée par les Gaulois dans leurs sépulcres était la *Terre*, et que les deux enfants étaient les êtres rentrant, après leur mort, dans le sein d'où ils étaient sortis : que ce sein, qui était la terre, reprenait la matière et la nature qu'elle avait prêtée : que la matière et la nature n'étaient que le corps et l'esprit de ceux qui mouraient. Enfin, lorsque cette femme ne tenait qu'un enfant, c'était la terre qui, après avoir absorbé et purifié tout ce qu'il y avait de matériel chez les hommes, conservait leur nature, c'est-à-dire leur esprit ; elle le soutenait et lui faisait éprouver et goûter le véritable état d'immortalité ; dogme particulier des Gaulois.

La pensée du savant antiquaire (ajoute dom Martin), ainsi développée, paraît très-plausible et pouvoir être véritable.

Dom Martin est si peu fixé sur la solidité de cette interprétation, qu'il la propose dubitativement.

Il présente ensuite une autre explication; je ne la crois pas plus admissible que la première : suivant cette seconde opinion, la statue de femme portant deux enfants représente *Vénus-Libitine* ou *Infernale*, portant ses deux enfants, le Sommeil et la Mort ; il cite, à l'appui de cette pensée, plusieurs raisons qu'il serait trop long de reproduire et qui ne m'ont point convaincu. Vénus n'eût pas été représentée complètement vêtue.

Si j'étais seul à considérer cette statuette comme l'effigie de Latone portant Apollon et Diane, je m'inclinerais devant l'opinion contraire, professée par de doctes antiquaires; mais à l'appui de mon interprétation, je puis invoquer celle de l'abbé Cochet qui fait autorité.

Cet archéologue raconte (page 137 de la *Normandie souterraine)* qu'on a trouvé, dans l'ancienne Uggade (Elbeuf et Caudebec) des statuettes de Latone. Il en a aussi trouvé dans des tombeaux d'enfants. Voici la description qu'il donne de ces statuettes; on en reconnaîtra l'identité avec la statuette de Toulon.

« C'est une figurine en terre cuite, d'une couleur blanchâtre et d'une matière semblable à de la terre de pipe. C'est une femme assise dans une chaise à dos.... Ce siége est tressé avec des nattes de paille, de jonc ou d'osier; il environne les côtés et le dos du sujet.

» Le dossier de la chaise remonte jusqu'au cou de la femme. La tête, parfaitement dégagée, est coiffée avec des cheveux qui se partagent sur le front et dont le sommet est tenu par un peigne ... Dans chacun de ses bras, la femme tient un petit enfant qu'elle presse sur son sein. »

C'est le trait caractéristique de Latone nourrissant Apollon et Diane.

Cette divinité symbolique, connue dans toute la Gaule, se rencontre sur les bords du Rhin où elle paraît avoir été adorée par les Saxons barbares jusques aux derniers siècles du paganisme. (V. Vitet, *Hist. de Dieppe*, p. 338.)

Plusieurs antiquaires en font un ex-voto des nourrices et des femmes en couches, ce qui expliquerait sa présence dans les tombeaux.

M. Toulmouche *(Histoire archéologique de la ville de Rennes)* raconte qu'on a trouvé des statues de Latone dans les fouilles de la Vilaine.

Le musée de Boulogne conserve aussi des Latone provenant des fouilles faites dans l'ancienne Morinie.

Il en a été découvert au Bas-Caumont, près la Bouille, et dans la forêt de Brotonne. Il en existe au musée de Dieppe, elles proviennent des ruines d'une maison romaine de la plaine de Bracquemont.

M. Cochet en a trouvé à Cavy et à Lillebonne.

Une tête de Latone, qui est conservée dans le cabinet de M. Aymard, archiviste au Puy, a été trouvée dans les ruines de Saint-Paulien, *Ruessium*, antique capitale du Velay.

On en a aussi découvert dans la fontaine de Mirville, près du viaduc de ce nom; elles étaient mêlées à des statuettes de Vénus.

M. Réver en a trouvé dans la forêt d'Evreux, dans la mare de Largillière, avec des statues de Vénus et de Mercure.

Au cimetière de Cavy, l'abbé Cochet a mis au jour une statuette de Latone reposant sur le sein d'un jeune enfant *(Norm. sout.*, p. 54.), dont le corps n'avait pas été brûlé, vu que la loi romaine prohibait l'ustion des enfants au-dessous de sept ans.

Ce même antiquaire a exhumé une statuette de Latone dans le cimetière du Mesnil, en 1853.

En 1827, M. Feret, de Dieppe, trouva à Saint-Martin les ruines d'une magnifique villa romaine. Dans la partie qu'il fouilla on découvrit une sépulture renfermant plusieurs vases en terre et une belle urne en verre contenant des os brûlés. Une médaille d'Antonin-le-Pieux était près des fondations qu'il mit à jour; il recueillit à côté une statuette de Latone.

J'ai mentionné toutes ces découvertes afin d'en tirer ultérieurement des preuves sur la destination de ces statuettes et sur la date approximative de leur confection.

§ 2.

PLANCHE Ire, Nos 2 ET 4.

Junon-Lucine.

C'est une femme assise sur un siége tressé en menu

bois ou en jonc, dont le dossier enferme la taille jusqu'à la hauteur du cou; elle est ornée d'une coiffure assez élégante, tient un enfant sur son sein. Deux types tout-à-fait différents de cette statue ont été trouvés à Toulon : le n° 2 et le n° 4, planche Ire.

Je crois que l'un et l'autre représentent *Junon-Lucine*, qui présidait aux mariages et aux accouchements. (V. Kipping, *De Diis selectis.)*

C'est de *Juno jugatina* que Virgile a dit :

« *Junoni ante omnes, cui vincla jugalia curæ.* »

Apulée s'exprime ainsi sur Junon-Lucine :

« *Reginam deorum Occidens Lucinam appellat.* »

Ces définitions s'appliquent bien aux statues n°s 2 et 4, planche Ire.

Montfaucon a publié une figurine analogue à la statuette n° 2, qui avait été trouvée en 1710 dans un tombeau, à Blois.

Montfaucon croit que l'enfant représenté est mort.

A côté de la femme assise se trouvaient deux statuettes de femmes nues, pareilles à celles trouvées à Toulon (planche Ire, n° 5), que Montfaucon croit être des pleureuses placées auprès du simulacre d'une femme morte en couches, opinion que je crois erronée. Sur le derrière de la statuette portant un enfant se trouvaient ces mots : IS PORON, qui, d'après le grec, voudraient dire : *pour le passage* et seraient une allusion au payement du passage de la barque à Caron.

M. de Mozé a aussi trouvé à Javols (Lozère) une statuette semblable à celle de Toulon, nº 2, qu'il prend pour une Lucine. (V. *Bulletin monumental*, 1857, p. 471.)

Une définition de Junon-Lucine, donnée par Rosinus (*Romanarum antiquitatum*, lib. dec., p. 18) jette du jour sur les attributs de cette déesse :

« *Juno-Lucina, inde nomen habet, quod lucem nascentibus dare crederetur : a quo parientes eam invocant, unde illud Glycerii apud Terentium :*

» *Juno-Lucina fer opem, serva me obsecro.* »

Une statue en marbre, représentant une femme sur un siége de forme semi-circulaire, les pieds placés sur la base du siége qui avance en forme de petit gradin ou de marchepied, vêtue de draperies qui laissent passer l'extrémité des deux pieds, tenant un enfant à la mamelle, qu'elle soutient d'une main et à qui elle offre le sein de l'autre main, coiffée avec des cheveux surmontés d'un peigne ou d'une espèce de croissant, existe au musée Pie-Clément, à Rome ; elle a été publiée par Winkelmann (*Monumenti antichi*, nº 14) et par Mongez (*Encyclopédie méthodique, Antiquités*, pl. 209).

Winkelmann pense que cette statue représente Junon-Lucine, qui allaite Hercule ; mais Visconti, éditeur du *Musée*, tout en reconnaissant que cette statue est celle de Junon-Lucine, croit qu'elle allaite

Mars, dont la fable raconte qu'elle fut mère sans le secours d'aucun homme, et par la vertu d'une fleur.

Cette statue est semblable à celle n° 4 de Toulon.

Junon-Lucine est représentée au revers d'une médaille de moyen bronze de Faustine jeune.

Junon-Lucine figure aussi sur les médailles de Julie, femme de Sévère, elle porte un enfant au maillot.

D'après ces divers monuments, je n'hésite pas à voir une Junon-Lucine dans les statuettes nos 2 et 4, planche Ire, découvertes dans le champ des *Laris*.

On a trouvé à Toulon des têtes séparées du corps de la statuette, portant une coiffure analogue à celle de la Lucine du Vatican.

Le siége des statuettes de Toulon est de forme semblable à celui de la statue de Rome; sur toutes les deux les pieds reposent sur un gradin; il est évident qu'elles représentent le même type divin; mais ce qui les distingue, c'est la différence de style; il y a décadence pour celles de Toulon, tandis que la statue du musée Pie-Clément est de la belle époque; son dessin est correct et ses draperies admirablement agencées.

J'ai donné, planche Ire, n° 3, le dessin d'une statuette curieuse semblable à celle n° 2 de Toulon, mais qui porte gravé sur le dos du siége le mot

PISTILLUS; cette statuette a été trouvée par Grivaud de la Vincelle, au Châtelet (Haute-Marne).

§ 3.

PLANCHE Ire, No 5.

Vénus - Anadyomène.

La statuette la plus fréquemment reproduite à Toulon est le no 5, planche Ire; ses types sont très-variés; elle représente une femme nue tenant d'une main sa chevelure pendante sur son cou, l'autre main est appuyée sur une draperie ou sur un rocher.

Pareille statuette a été trouvée à Vichy par M. Beaulieu. (Voir *Antiquités de Vichy.)*

Montfaucon en cite deux semblables, extraites en 1710 d'un tombeau, à Blois, avec la Junon-Lucine.

M. de Moré, à Javols (Lozère), a découvert la même statue, qui a aussi été trouvée à Diou (Allier), et à Clermont-Ferrand, dans les récentes fouilles du chemin de fer.

Malgré l'opinion de Montfaucon, qui veut en faire une pleureuse, je pense qu'elle représente Vénus-Anadyomène.

Ce type de Vénus est célèbre dans l'Antiquité.

Pline-l'Ancien (liv. 35) décrit ainsi le sujet de cette statuette (Voir la traduction naïve de Dupinet, 1581): « Quant au tableau de Vénus sortant

» de la mer, qui est dite des Grecs, Anadyomène, » l'empereur Auguste le dédia au temple de César, » on ne sut jamais trouver peintre qui voulût en- » treprendre de refaire le bas de ce tableau, qui » était aucunement gasté, de sorte que ce desgat » causait une plus grande gloire à Apelles. Il avait » commencé une autre Vénus sortant de la mer en » l'isle de Lâgo, laquelle eût encore surpassé la » première; mais la mort le surprint sur ce point, » et on ne put jamais trouver homme qui la sceut » parachever. »

Cette peinture d'Apelles, célèbre dans toute la Grèce et en Italie, fut reproduite, soit par la grande statuaire, soit par la céramique; elle représentait l'idéalisation de la beauté antique et la déesse des plaisirs : son culte était général en Grèce, en Italie et dans les Gaules.

Vainement objectera-t-on contre le nom de Vénus, donné à la statuette n° 5, planche Ire, qu'on l'a trouvée dans des tombeaux. Il ne faut pas perdre de vue que l'un des attributs de la Vénus gauloise la faisait classer parmi les dieux infernaux.

C'est ce qu'explique Dom Martin (*Religion des Gaulois*, t. II, p. 228). Les Gaulois plaçaient Vénus parmi les dieux infernaux, ainsi qu'il est prouvé par une inscription trouvée dans la forêt de Belême :

DIIS INFERIS.

VENERI.

MARTI.

MERCURIO.

SACRUM.

Ainsi, il est très-naturel que l'on trouve des statuettes de Vénus dans les tombeaux gallo-romains. C'était rendre hommage à une divinité infernale, que la placer dans la tombe. On croyait ainsi assurer au mort sa protection pour une autre vie.

Cette classification de Vénus parmi les divinités infernales était adoptée non-seulement par les Gaulois, mais encore par les Grecs et par les Romains, qui la vénéraient à ce point de vue sous le nom de *Vénus-Lybitina*, *Epitymbia*, et *Infera*.

Les Gaulois lui rendaient un culte spécial, ils lui avaient érigé plusieurs temples et chapelles; ils comptaient sur les bons offices que cette déesse pouvait leur rendre après leur mort.

Parmi les statuettes de Vénus-Anadyomène trouvées, à diverses époques, dans la Gaule, on peut citer celle dont Millin (*Monuments antiques inédits*, t. 1er, p. 224) donne le dessin et la description. Cette Vénus-Anadyomène est en bronze, elle fut trouvée dans la Saône, à Pontaillier, en 1802 ; elle a beaucoup d'analogie avec la Vénus de Toulon, mais elle soutient sa chevelure des deux mains, tandis que la Vénus de Toulon ne la supporte que d'une main.

Millin, après avoir décrit la célèbre Vénus d'Apelles, cite une Vénus-Anadyomène conservée au musée de Dijon, remarquable par sa pose élégante et par sa parfaite conservation.

Caylus a aussi publié (t. IV, pl. LX) une Vénus-Anadyomène.

Ces diverses autorités ne me laissent aucun doute sur l'attribution de la statuette nº 5, planche Ire.

C'est Vénus sortant de la mer, elle essuye ses cheveux imbibés d'eau et prend son empire sur le monde, en posant le pied sur la terre.

Les moules qui ont servi à fabriquer cette statuette viennent aussi des fouilles du champ des Laris; plusieurs de ces moules, offrant des variétés de grandeur ou de dessin, portent gravés, à l'extérieur, les noms des céramistes qui les ont fabriqués. Nous avons déjà donné la nomenclature de ces artistes gallo-romains.

PRISCUS est celui dont le nom se trouve le plus fréquemment reproduit.

Un seul moule porte à l'intérieur, dans le bas, le mot IOPILLO, gravé en creux; j'ai découvert la statuette fabriquée avec ce moule qui porte le mot IOPILLO moulé en relief.

Cette inscription, sur la statuette, est fort rare dans

la céramique antique; elle rend ces deux pièces fort intéressantes. Leur style et leur fabrication paraissent supérieurs aux autres produits de l'atelier de Toulon.

Outre les statuettes nues de Vénus, on a trouvé plusieurs autres figurines dans diverses attitudes, que leur nudité et leurs poses ne permettent pas de publier et de décrire.

§ 4.

PLANCHE Ire, N° 6.

Jupiter.

Je pense que cette statuette, dont la figure, environnée d'une barbe épaisse, ne manque pas de noblesse, représente un *Jupiter* gallo-romain.

Cette figurine est en buste, assez bien drapée, elle repose sur un socle circulaire enrichi d'un petit ornement rond; ce type de Jupiter me paraît avoir une grande ressemblance avec une statuette gallo-romaine en bronze que je possède, représentant Jupiter tenant la foudre à la main, qui a été trouvée à Néris (Allier).

Cependant la statuette de Toulon n'offrant aucun attribut, pourrait bien représenter un autre sujet, un empereur, par exemple. Aussi crois-je devoir me borner à une simple conjecture.

Les Gaulois adoraient *Esus*, que plusieurs ont

confondu avec Jupiter, notamment Jules César dans ses *Commentaires*. Dom Martin pense que c'étaient deux divinités différentes, et que les Gaulois n'auraient commencé à donner à leurs dieux, notamment à Esus, une figure humaine qu'à partir du règne de Tibère, pour se conformer aux intentions de ce prince d'assimiler les deux cultes gaulois et romain, et de représenter les dieux gaulois comme les dieux romains. (V. Dom Martin, t. I, p. 277.) Il est difficile de discerner la vérité au milieu des obscurités qui environnent cette partie de l'histoire.

Cependant Esus et Jupiter étaient bien des divinités gauloises distinctes, car on les voit toutes deux à la fois représentées sur un bas-relief trouvé dans les substructions du chœur de la cathédrale de Notre-Dame de Paris.

Dom Martin (t. II, p. 69) considère *Esus* comme *un terme indéfini*, qui signifiait *Dieu*.

C'était, dit-il, la divinité la plus ancienne des Gaulois, et en quelque sorte le symbole de l'unité de Dieu, qu'on croit avoir été la première religion des Gaulois. Les Druides ne donnèrent que très-tard une figure sensible à ce dieu qu'ils vénéraient sans en représenter l'effigie mystérieuse.

§ 5.

PLANCHE Ire, N° 7.

Junon.

Il est difficile d'expliquer la figure n° 7, planche Ire, représentant un buste de femme portant une coiffure fort élevée, à trois rangs de tresses entremêlées de pierreries, drapée avec élégance et reposant sur un socle circulaire enrichi d'un petit ornement rond.

Cette figurine ne présente aucun attribut qui permette de la déterminer avec sûreté. Cependant je crois que cette statuette représente *Junon* ou une impératrice.

Je préfère la première opinion, car elle me paraît plus en harmonie avec la destination des statuettes que j'étudierai ci-après.

§ 6.

PLANCHE Ire N° 8.

Minerve.

Cette figure représente *Minerve* s'appuyant sur son bouclier, ayant casque en tête et portant une patère à l'une de ses mains. Cette statuette est d'un caractère noble, d'un dessin élégant, les draperies en sont bien ajustées. On n'en a trouvé à Toulon que deux exemplaires et quelques fragments.

§ 7.

PLANCHE Ire, N° 9.

La Fortune ou l'Abondance.

Cette figurine représente une femme assise sur un siége peu élevé, tenant une urne d'abondance d'une main, une patère de l'autre.

Je ne crois pas qu'il faille voir dans cette statuette la représentation d'une déesse *mère*, *maire* ou *matrone*.

En général, ces déesses étaient réunies au nombre de trois dans les divers monuments qui les représentent.

Ces déesses étaient trois femmes ayant pour symbole des cornes d'abondance et des patères à la main; elles ont été l'objet d'un culte fort ancien dans les Gaules et dont l'origine est inconnue.

Elles paraissent avoir été d'abord des divinités champêtres, qui devinrent ensuite des déesses protectrices des maisons et des citoyens.

C'étaient des génies bienfaisants qui veillaient à la santé de la famille, à la fécondité de la terre et à la prospérité des personnes. Ces déesses étaient aussi appelées *Dames des Gaules*.

Certains auteurs ont cru que c'étaient des druidesses *matres familias;* elles sont qualifiées, dans diverses inscriptions antiques, de *matræ*, *matræ*, *matres*, *matronæ*.

Ces divinités, d'après Dom Martin, présidaient aux accouchements et représentaient les Parques.

Dom Martin (t. II, p. 147) donne la figure de déesses-mères trouvées à Lyon, dans l'église d'Ainay. L'une de ces figures présente une grande ressemblance avec celle trouvée à Toulon.

Des statuettes de déesses-mères ont été trouvées à Nîmes.

La déesse *Nehalennia* se trouve avec les déesses-mères au centre d'un édicule analogue à celui trouvé à Toulon; à côté de la déesse Nehalennia est un chien semblable à la statuette de chien exhumée à Toulon.

Malgré les diverses analogies de la statuette n° 9, avec les déesses-mères, je pense qu'elle représente la Fortune ou l'Abondance.

Montfaucon donne la gravure d'une statuette presque semblable, qu'il qualifie de cette manière.

Kipping (*De Diis popularibus*) a publié un monument à peu près pareil à cette statuette, qui porte gravé sur son piédestal le mot *Fortuna*.

Je me garde bien de rien affirmer sur la qualification de la statuette n° 9; j'ai fait connaître mes conjectures, je laisse à de plus habiles le soin de résoudre d'une manière certaine cette question.

§ 8.

PLANCHE Ire, N° 10.

Le n° 10 est une figure de femme drapée avec élégance ; les bras, qui manquent, et qui portaient les attributs de cette déesse, rendent très-difficile la qualification de cette figurine dans laquelle je crois, sans pouvoir l'affirmer, reconnaître une Junon.

Montfaucon a publié (t. Ier, planche 21 de l'*Antiquité expliquée*) une figure de Junon qui a beaucoup d'analogie avec la statuette n° 10.

§ 9.

PLANCHE Ire, N° 11.

Le petit monument n° 11 est très-remarquable ; on n'a trouvé à Toulon que le moule brisé en deux morceaux qui, ayant été rajustés, ont permis de tirer quelques épreuves modernes.

C'est un médaillon circulaire ; une figure en buste, représentée avec un fort relief, paraît sortir de l'encadrement d'un bouclier, orné d'un large cordon saillant. Le sujet m'est inconnu ; la tête est belle, la chevelure bien bouclée.

Des monuments analogues ont été découverts à Pompéia; je les ai remarqués au musée Bourbon de Naples; ils sont gravés dans l'œuvre de David, sur les peintures et sculptures d'Herculanum et de Pompéia.

Le moule de cette figure fait partie de la belle collection de M. Esmonot, à Moulins.

§ 10.

PLANCHE Ire, N° 12.

Gracieux buste de femme; la partie inférieure de cette statuette n'a pas été trouvée.

§ 11.

PLANCHE Ire, N° 13.

Buste de jeune divinité ou de héros qu'il ne m'est pas possible de personnifier; cette statue, bien drapée, repose sur un socle arrondi enrichi d'un petit ornement circulaire.

§ 12.

PLANCHE Ire, N° 14.

Un homme et une femme qui s'embrassent.

Le moule de cette figurine a seul été découvert;

on a tiré avec ce moule quelques épreuves modernes.

Ce même sujet a été aussi trouvé d'une plus grande dimension et d'un type un peu différent. Je me borne à donner le dessin de l'une de ces figures.

Cette composition est fréquemment représentée sur des monuments antiques ; je la crois un symbole de l'amour conjugal. Cette figurine présente un aspect singulier ; on peut, en la regardant avec attention, y voir deux personnages de profil, ou un seul personnage de face.

Est-ce le hasard ou le calcul du céramiste qui a produit cette singularité ; je livre ce problème aux érudits.

§ 13.

PLANCHE Ire, N° 15.

Figurine assise, ayant une espèce de manteau à capuchon, ses mains sont appuyées sur ses genoux. Je n'ai pu découvrir aucun monument semblable, et cette statuette me semble une véritable énigme.

Représente-t-elle un grotesque ? Je l'ignore. La publicité donnée à cette notice aura au moins pour résultat de mettre les archéologues en demeure de rectifier mes erreurs et de déterminer le sujet des figurines que je n'ai pu expliquer.

§ 14.

PLANCHE II, Nº 16.

Cette figurine représente un personnage couché sur un dauphin ou monstre marin ; une seule a été trouvée à Toulon ; elle fait l'ornement de la collection de M. Esmonot. J'ignore le sujet qui a été représenté. Le dauphin était consacré à Neptune, on le voit dans divers monuments accompagnant ce dieu.

§ 15.

PLANCHE II, Nº 17.

Le numéro 17 est étranger aux fouilles de Toulon. Je l'ai trouvé dans la rivière de la Queune, commune de Bressoles (Allier). Cet objet représente une tête de bouc ou de chèvre ; il est en poterie vernissée, analogue aux poteries du moyen-âge ; je crois que c'est le goulot d'une très-grande amphore, il a environ quinze centimètres de hauteur.

Ce morceau m'ayant paru intéressant et étant trouvé aux environs de Moulins, j'ai cru devoir en donner le dessin.

§ 16.

PLANCHE II, N° 18.

Un sanglier en terre cuite blanche, trouvé à Toulon.

Le sanglier était cher aux Gaulois : j'en possède un en bronze d'une très-belle exécution, qui a été trouvé à Gergovia, près de Clermont-Ferrand, et qui paraît avoir été fixé à un casque ou à une enseigne militaire.

Le revers des anciennes monnaies gauloises est souvent chargé d'un sanglier.

L'arc-de-triomphe d'Orange, l'un des plus beaux monuments que l'art romain ait édifiés dans les Gaules, nous apprend que les Gaulois portaient le sanglier sur leurs enseignes.

Le sanglier de Toulon prouve de plus fort le caractère gallo-romain de cette fabrique où nous trouvons de nombreuses divinités généralement adorées dans les Gaules.

§ 17.

Taureau et chien.

Des fragments de taureau et des statuettes de chien ont été trouvés à Toulon. Je n'ai pas donné ces figures, celle du taureau a une grande analogie avec celle dessinée planche IV, n° 9.

Dom Martin (t. II, p. 70) nous apprend que les Gaulois ont adoré un taureau.

Les bas-reliefs trouvés dans l'église de Notre-Dame, de Paris, le 16 mars 1711, le prouvent suffisamment. Sur l'une des pierres on voit un taureau sur le même plan que Vulcain, Jupiter et Esus.

Le dieu Taureau est accompagné de trois oiseaux gravés sur le bas-relief.

Ne nous étonnons pas dès lors de trouver réunis à Toulon le taureau et plusieurs oiseaux.

Le taureau est plusieurs fois représenté sur des médailles de César Auguste (Voir planche 71 de l'ouvrage d'Hubert Galtzius).

Le taureau servait aussi de monture à Mercure-Soleil qui dompte un taureau et montre ainsi sa supériorité sur la Lune, figurée par le taureau.

Dom Martin (tome Ier, p. 455), cite une statue gauloise, trouvée en France, de Mercure-Soleil, monté sur un taureau. Ce monument faisait partie de la collection de M. de Chezelles.

Le dieu Mithras avait aussi pour monture un taureau, mais les Gaulois attribuaient plus spécialement le taureau à Mercure symbolisant le Soleil.

Plutarque mentionne le culte des Gaulois pour le taureau, il raconte que lors d'une invasion des Gaulois en Italie, sous le consulat de Marius, ils accordèrent une capitulation aux Romains qui occupaient un fort commandant l'Adige, et qu'ils jurèrent par leur *Taureau d'airain* d'observer les articles du traité.

Catulus, après la défaite des Gaulois, fit porter dans sa maison, comme une glorieuse dépouille, le taureau d'airain qu'il considérait comme la marque la plus éclatante de la victoire.

Grégoire de Tours (*Hist.* lib. II, ch. 10), faisant l'énumération des idoles des premiers Français, dit que leur superstition avait érigé en dieux des oiseaux et des animaux. Il fait allusion au dieu Taureau et il s'écrie : « Hélas! s'ils avaient du moins été en état de comprendre quelle terrible vengeance tira le Seigneur du crime que les Juifs commirent en adorant le veau qu'ils avaient fait fondre. »

Il est donc certain que le taureau a été adoré dans les Gaules.

On a trouvé dans le tombeau de Chilpéric (Voir Dom Martin, t. II, p. 72) une tête de taureau d'or qu'on regarde comme l'idole favorite de ce prince.

Sur le bas-relief trouvé dans la cathédrale de Paris, représentant le dieu Taureau, on lit :

TARVOS TRIGARANUS.

Les oiseaux de Toulon, figures nos 22 et 23, planche II, sont-ils les compagnons du dieu *Tarvos?* Sont-ils des jouets d'enfant? L'une et l'autre de ces interprétations sont acceptables, et l'on peut en donner encore bien d'autres plus ou moins admissibles.

Le chien trouvé à Toulon était-il le gardien de la déesse Nehalennia; ce qui peut le faire supposer, c'est qu'on le voit gravé à côté d'elle sur plusieurs monuments.

Etait-il un simulacre de Cerbère ou un compagnon des dieux Lares ou Pénates, ou bien un exvoto, ou encore un jouet d'enfant?

Telle est la question dont la solution est incertaine et qui pourrait entraîner une trop longue dissertation, que je m'abstiens d'entreprendre.

§ 18.

PLANCHE II, N° 19.

Singe.

Un singe assis tient sa tête dans l'une de ses pattes de devant et pose l'autre sur son genou.

Les Romains connaissaient les singes, ils les faisaient venir de l'Afrique, qui leur était soumise. Peut-être cette figurine représente-t-elle un animal symbolique.

§ 19.

PLANCHE II, N° XX.

Buste dont l'attribution ne me paraît pas facile à faire; est-ce le portrait d'une divinité? est-ce un grotesque ou bien un jouet d'enfant? je n'ose résoudre la question.

Des statuettes pareilles à celle n° 20 ont été trouvées au vieil Evreux, par M. Réver, à Néris, à Vichy, à la Forêt, près de Moulins.

§ 20.

PLANCHE II, N° 21.

Buste de femme; elle n'a jamais eu de bras et le bas du corps n'existait pas dans cette figurine qui est entière, telle qu'elle a été fabriquée.

Le n° 21 est-il une poupée gallo-romaine? je l'ai d'abord pensé, mais je crains de n'avoir pas découvert la vérité.

Cette curieuse figurine est déposée au musée de Moulins.

§ 21.

PLANCHE II, N° 24.

Coq.

Coq, oiseau cher aux Gaulois; on a trouvé plusieurs

modèles différents de coq et leurs moules. Je me suis borné à donner le dessin d'un seul, pour ne pas multiplier les planches.

Les Romains consultaient les augures au moyen des poulets sacrés.

On trouve fréquemment, dans les tombeaux gallo-romains, des coqs ou des colombes, en terre cuite. J'ai assisté, à Arles, dans le vaste cimetière de cette cité impériale, appelé les *Aliscamps (Eliseus campus)*, à l'ouverture de plusieurs tombeaux où des figurines semblables ont été recueillies.

Une admirable collection de monuments gallo-romains a été réunie à Arles, les tombeaux en ont fourni la plus curieuse partie.

Ces coqs et colombes, placés près de la dépouille mortelle des enfants, par le culte pieux de leurs parents, n'avaient-ils pas un caractère symbolique adapté aux rites du paganisme ?

§ 22.

PLANCHE II. N° 25.

Paon.

Cette figurine est un paon, la queue déployée : c'est l'oiseau de Junon dont nous avons trouvé seulement le moule ; il est formé de deux parties, à l'aide desquelles on a pu tirer quelques épreuves modernes de cette figure.

CHAPITRE X.

DESTINATION DES STATUETTES.

Epoque de leur fabrication.

Les figurines de Toulon sont de véritables idoles gallo-romaines; elles représentent les principaux dieux des Gallo-Romains.

Pline (liv. xxxv, chap. xii) parle des statuettes et des vases de terre, produits de l'art céramique; il cite *Varron*, qui faisait grand cas de *Pasitelès*, célèbre céramiste : il ajoute que l'art de la poterie est père de l'art de la fonderie et de tous les ouvrages qui se font au ciseau et au burin.

Cet art était très-anciennement pratiqué en Italie, surtout en Toscane et dans les Gaules. Les images des dieux étaient fréquemment faites en argile.

Pline cite une image de Jupiter au Capitole et un Hercule de la même matière.

L'argile était employée avec succès par les anciens modeleurs, ils nommaient la grossière *pelos*; l'argile blanche et fine se nommait *argillos*, du mot *argos* blanc.

Tous les ouvriers en argile étaient connus dans l'antiquité gréco-romaine sous la dénomination de *Pelourgoi*, qui comprenait les briquetiers, tuiliers, fournalistes, modeleurs et potiers.

Les Athéniens les nommaient *Prométhées*, parce qu'ils considéraient Prométhée comme le premier modeleur.

La fabrication de Toulon est indubitablement antique, les caractères des objets découverts ne laissent aucun doute à cet égard.

Quoiqu'il soit très-difficile de préciser la date de cette fabrication, que j'avais d'abord crue du IIIe au IVe siècle de l'ère chrétienne, de graves raisons me portent à penser qu'il est plus exact de la fixer du IIe au IIIe siècle.

Le style du dessin et de l'ornementation des vases, celui des figurines se rapportent à cette époque.

La coiffure de la tête de la grande Latone (planche Ire, no 1) est fort remarquable ; elle est à plusieurs rangs de cheveux frisés. Une autre Latone est aussi coiffée d'un diadème, emblème de divinité ou de souveraineté.

Cette coiffure est semblable à celle que les médailles donnent à Plotine, femme de Trajan, morte l'an 129 de Jésus-Christ.

Une médaille de Domitia, femme de Domitien, mariée à ce prince l'an 70 de Jésus-Christ, morte sous le règne de Trajan, présente aussi une coiffure analogue à celle de certaines Latones.

Mongez (*Encyclopédie méth.*, planche 132, fig. 7) donne le dessin d'une tête romaine exactement coiffée comme la Latone de Toulon.

L'abbé Cochet (*Sépultures gauloises*, p. 54) cite la découverte faite en 1827, par M. Feret, à St-Martin, d'une Latone près d'une sépulture gauloise; on trouva dans le même lieu une médaille d'Antonin-le-Pieux, qui régna de l'an 138 à l'an 161 de notre ère.

La présence simultanée de la statuette de Latone et de la médaille d'Antonin-le-Pieux dans le même tombeau gallo-romain semble établir la probabilité que la fabrication de cette figurine a été contemporaine du règne de ce prince.

La nature des objets mythologiques représentés sur les vases et qui s'appliquent à la théogonie romaine prouve aussi que ces vases sont de fabrication postérieure à la conquête romaine des Gaules.

Le style et les ornements des figurines, l'agencement des coiffures se rapportent aux époques de Domitien, de Trajan, d'Antonin-le-Pieux, entre le IIe et le IIIe siècle de l'ère chrétienne, moment où le christianisme commençait à pénétrer dans les

Gaules; mais où subsistaient encore, dans plusieurs contrées, l'idolâtrie, les superstitions et coutumes du paganisme.

La monnaie d'or trouvée près du lieu des fouilles est bien postérieure à cette époque, mais rien ne justifie qu'elle soit contemporaine de la fabrique de Toulon.

Les noms latins inscrits sur plusieurs vases prouvent que déjà la Gaule était soumise aux Romains, qui y avaient apporté leur langue.

Les caractères des signatures des moules, qui avaient conservé une physionomie grecque, tendent à prouver que l'occupation romaine n'était pas très ancienne; car ces caractères, reçus des Grecs par les Gaulois, ont dû peu à peu disparaître après la conquête, qui leur substitua les caractères latins.

Nous avons déjà dit que Tibère avait ordonné la suppression du culte des Druides et la fusion du culte gaulois avec les divinités romaines.

On voit en effet, dans les figurines de Toulon, un véritable assemblage des dieux gaulois et des dieux romains.

Certains noms gravés en creux sur la partie extérieure des moules de figurines ont un caractère gaulois; d'autres, au contraire, sont évidemment romains.

Ces noms du peuple conquis, mêlés à ceux de la

nation dominatrice, sont l'indice certain de la fusion des races à laquelle tendaient les colonisateurs romains. Ils cherchaient à s'assimiler les races vaincues, et ils y parvenaient surtout en leur offrant le bienfait de leurs arts.

Les Gaulois, race éminemment sympathique, se plièrent avec facilité à la brillante civilisation que leur apportaient les Romains en échange de la liberté. Aussi firent-ils rapidement des progrès dans les arts et dans les sciences pendant la période de l'occupation romaine.

L'art de la céramique ne fut pas un des derniers que s'assimilèrent les Gaulois : aussi voyons-nous dans le bassin de l'Allier des traces nombreuses d'établissements céramiques gallo-romains, qui attestent le large développement de cette industrie dans cette contrée.

La destination des figurines de Toulon n'est pas douteuse, ce sont de véritables idoles; elles étaient employées à plusieurs usages différents :

Divinités Pénates ou Lares, on les plaçait dans l'intérieur des maisons, dans de petits édicules ou laraires possédés par presque tous les citoyens.

Rosinus (*Romanarum antiquitatum*, lib. dec., p. 18) nous parle de ces édicules particuliers du culte des dieux Pénates et des divinités Laraires :

« *Ædicula diminutium est, quasi parva ædes sacra, sicut et sacellum.* »

« *Penates quasi penites, quod penitissimi dii sunt ; itaque Penates sunt præsides et custodes dii.* »

« *Lares sunt dii domestici : unde et pro ædibus ipsis accipiuntur* »

Kipping *(De Diis popularibus)* donne d'intéressants détails sur le culte des Romains pour les dieux Lares,

Les Anciens admettaient parmi les dieux Pénates la plupart des divinités principales et une foule de divinités secondaires. Il y avait des dieux Lares des bourgs et des chemins, ils étaient gardiens des maisons, un chien les accompagnait, c'étaient les génies du foyer. On lit souvent dans les édicules romains : GENIO LOCI.

On ne fouille pas les ruines d'une maison gallo-romaine sans y trouver des débris de figurines de dieux Lares ou de divinités Pénates.

Cartari *(Le imagini dei Dei gli antiqui, p. 363)*, s'expliquant sur le culte des dieux Pénates, cite l'opinion de Cicéron : « *Penati erono certi numi nati nelle private case, et adorati nelle piu secrete parti di quelle.* »

Ce culte était commun aux Romains et aux Gaulois, surtout après la conquête.

Virgile, liv. 7 de l'*Enéide*, parle du culte des dieux Lares :

« ....*Frondenti tempora ramo*
Implicat et Genium loci, primamque dearum
Tellurem, nymphas et adhuc ignota precatur
Numina........................... »

Le nom de *Laris*, qu'a conservé la partie de la commune de Toulon où se trouve la fabrique de figurines, tend à vérifier cette destination.

M. de Caumont, dans son *Cours d'Antiquités*, dit qu'on plaçait ces statuettes dans les habitations gallo-romaines.

Les figurines d'idoles étaient aussi consacrées aux cérémonies funèbres, les Gallo-Romains les plaçaient dans leurs tombeaux; j'ai cité de nombreux exemples de ce fait.

Quel était le mystérieux symbolisme présidant à ces pratiques religieuses ?

L'antiquité ne nous a pas livré son secret; mais on peut présumer que les Gallo-Romains avaient pour but de s'environner des divinités auxquelles ils vouaient un culte particulier, ou qu'ils supposaient devoir les protéger dans une autre vie.

On trouve des statuettes de divinités funèbres dans les tombeaux d'hommes, de femmes et d'enfants. On y voit notamment Latone, Vénus-Libitine, Mercure, etc.

Les superstitions des Gaulois et des autres nations païennes étaient si nombreuses et si variées dans les diverses contrées de l'Europe, qu'il est bien difficile à l'antiquaire, cherchant à les expliquer par les monuments, de ne pas commettre d'erreur.

Les écrits qui nous sont parvenus sur la mythologie

gréco-romaine fourmillent de contradictions et ne jettent qu'un jour incertain sur la classification, les attributs et le culte des faux dieux.

Si l'on considère la matérialité du culte des païens, la multiplicité des divinités qu'ils adoraient, les passions les plus mauvaises qu'ils avaient divinisées; si l'on songe à leurs idoles d'argile et de bronze, auxquelles des hécatombes humaines étaient sacrifiées par un peuple divisé en maîtres orgueilleux et en esclaves avilis; on admire la grande mission du christianisme qui, au monde matériel antique a substitué le monde intellectuel moderne, la vérité à l'erreur, l'esprit d'abnégation au culte des appétits sensuels, la liberté à l'esclavage!

On reconnaît que le christianisme a transformé la terre en arrachant l'homme aux plus honteuses, aux plus absurdes superstitions.

Cependant la religion des Gaulois n'était pas dépourvue de toute idée morale, ce qui explique la vitalité du culte druidique qui survécut à l'introduction du christianisme dans les Gaules pendant un temps considérable. Les premiers chrétiens se séparaient avec peine d'objets qu'ils étaient habitués dès l'enfance à vénérer.

L'existence d'idoles gauloises dans certaines églises chrétiennes est un fait avéré et qui s'explique facilement par le désir des premiers Apôtres de faire plus facilement triompher les grands principes du christianisme en tolérant certaines superstitions des peuples de la Gaule, encore en proie à l'ignorance.

Saint Augustin (Ep. 47. *Ad Publicol.*) dit : « Il en est des temples, des idoles et des bois sacrés comme des païens : on n'extermine point les derniers, mais on les convertit, on les change ; de même on ne détruit pas les temples, on ne met pas en pièces les idoles, on ne coupe pas les bois sacrés ; on fait mieux, on les consacre à Jésus-Christ. »

Aussi, comme l'observe Dom Martin, le génie des premiers siècles était de placer et quelquefois d'enfouir les idoles dans les églises, pour y servir de trophée à la religion.

Les monuments gaulois trouvés à Notre-Dame de Paris, les inscriptions, bas-reliefs, statues, sculptures et autres monuments gallo-romains trouvés enchâssés dans les murs de plusieurs églises, notamment à Notre-Dame du Puy, viennent encore établir les anciens usages à ce sujet.

Ainsi la destination des statuettes était à la fois religieuse et funéraire.

On s'en servait aussi pour des *ex-voto* et pour certaines cérémonies secrètes du culte de quelques divinités.

Les sources des fleuves, des rivières et des

fontaines, les mares étaient chez les Gallo-Romains l'objet d'un culte mystérieux.

L'abbé Cochet raconte la découverte, faite par M. Boudot, des ruines d'un temple de la déesse *Sequana*, aux sources de la Seine, et de nombreux *ex-voto* à l'entour.

Il ajoute qu'il est très-porté à attribuer à une dévotion du même genre et à de semblables offrandes les nombreuses statuettes en terre cuite de Latone et de Vénus, trouvées en 1820 à la fontaine de Mirville, voisine de la source de Grainville et sortant comme elle du plateau de Beaumont. (V. *Mémoire de la Société des antiquaires de Normandie*, 1826, p. 204.)

On peut attribuer aux mêmes causes les dépôts de nombreuses statuettes de Vénus, de Latone, de Mercure et d'autres divinités, trouvées dans la mare de l'Argilière, près de Baux, dans la forêt d'Evreux. (V. *Mémoire de la Société des antiquaires de Normandie*, 1826-1828, p. 189.)

Les mares ont partagé avec les rivières et les fontaines le culte superstitieux des idolâtres.

Le culte des fontaines est mentionné par les Pères de l'Eglise, ainsi que le rappelle M. l'abbé Cochet, à qui je fais ce nouvel emprunt. Il cite ces paroles de saint Augustin aux peuples de l'Afrique : « Si vous voyez quelqu'un faire des vœux aux fontaines et aux arbres, reprenez-les fortement de ce péché. »

Le second concile d'Arles, tenu en 442, ordonne aux Evêques d'empêcher d'adorer les arbres, les pierres et les fontaines.

Le concile d'Auxerre de 585, reproduisit cette défense.

L'on a recueilli à Bourbon-l'Archambault, dans la source minérale, lors de réparations faites au puits qui la reçoit, des fragments de statuettes et de poteries samiennes à relief.

A Vichy, en 1857, on a extrait d'un puits romain, qui fut découvert lors de la reconstruction d'une maison, tout un laraire antique; on y remarquait la statuette d'un jeune dieu dont la base était un véritable tronc à offrandes.

J'ai visité ce puits et ai recueilli quelques objets provenant de cette découverte, notamment une base de grande statuette. Cette base, de forme élégante, était circulaire et ornée d'une espèce de cordon.

Tous ces faits prouvent non-seulement le culte des Gallo-Romains pour les sources des eaux, mais qu'ils leur consacraient, comme des *ex-voto*, les figurines représentant diverses divinités.

C'est un usage remarquable auquel étaient employées les statuettes d'argile.

On pourrait s'étendre davantage sur la curieuse découverte de l'atelier céramique de Toulon, et présenter d'autres aperçus qui ne manqueraient pas d'intérêt;

je laisse aux érudits le soin d'éclairer des questions dont je n'ai pas donné la solution et je prie le lecteur de considérer cette notice comme une simple étude destinée à appeler l'attention des hommes compétents sur l'histoire de la céramique gallo-romaine.

Le Puy, 1er mars 1860.

Puy, typ. Marchessou.

16

17

18

19

20

21

22

FELLMANN

23

24

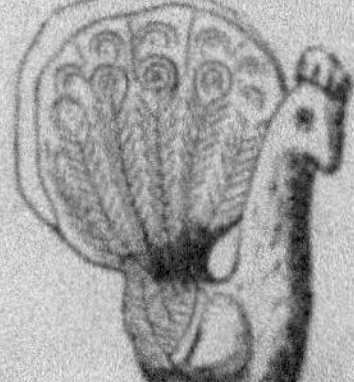

25

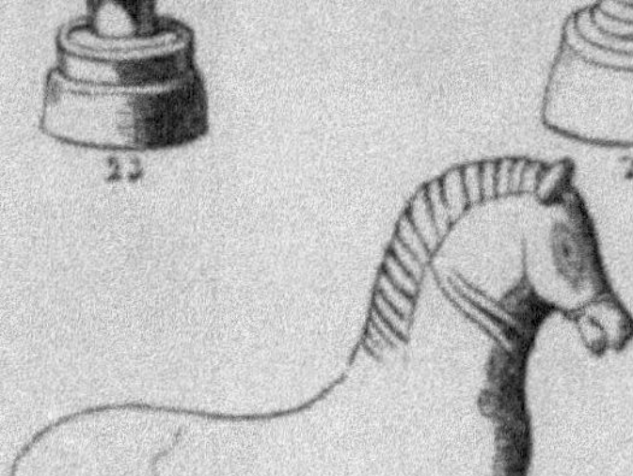

26

Puy, typ. Marchessou.

3
11
5
6
1
4
2
7
8
10
9

CPSIA information can be obtained
at www.ICGtesting.com
Printed in the USA
LVHW100613210323
742065LV00002B/280

9 783382 700690